आधी
दुनिया

आधी दुनिया

रश्मि गौड़

विद्या विहार, नई दिल्ली

प्रकाशक : विद्या विहार, १६६० कूचा दखनीराय, दरियागंज, नई दिल्ली–११०००२
सर्वाधिकार : सुरक्षित / संस्करण : २०११ / मूल्य : दो सौ रुपए
मुद्रक : पर्सनल ग्राफिक, दिल्ली ISBN 81-88140-61-9

AADHI DUNIYA *stories* by Smt. Rashmi Gaur Rs. 200.00
Published by Vidya Vihar, 1660 Kucha Dakhni Rai, Darya Ganj, New Delhi-2

प्यारे पापा
श्री आनंदप्रकाश जैन
को समर्पित

भूमिका

श्री आनंद प्रकाश जैन की पुत्री हूँ और ईश्वर की अनुकंपा कि विज्ञान की छात्रा होने के बावजूद अपनी टूटी-फूटी भाषा में कुछ लिख पाई। पापा सीधे टाइपराइटर पर साहित्य-सृजन करते थे। घर में हम तीनों बहनें कितना भी ऊधम मचा रही हों, रेडियो पूरे जोर से चल रहा हो या उनका नाती कंधे पर चढ़ा बैठा हो, पापा का टाइपराइटर अबाध गति से चलता रहता, झमाझम साहित्य की बारिश होती रहती। उन्हें जितना जिंदगी ने दिया, उससे ज्यादा साहित्य के रूप में वे समाज को देकर गए हैं।

एक लेखक होने के लिए भाषा सुदृढ़ होनी चाहिए, परंतु संवेदनशील होना पहली आवश्यकता है। यह मन की संवेदना ही तो है, जो हर सूक्ष्म भावना को भोगती है, उसे महसूस करती है। सूक्ष्म भावनाओं के बिना मनुष्य अधूरा है। वह इनसान ही क्या जो चेहरा देखकर मन में उमड़ती-घुमड़ती घटा की नरमी न भाँप सके।

आगरा में हमारे आँगन में एक मोर रोज सुबह आया करता था और मक्खन लगी ब्रेड खाता था। अगर हमने बगैर मक्खन लगी ब्रेड डाल दी तो जनाब इंतजार करते कि शायद गलती से डाली है और फिर भी अगर हमने अपनी गलती नहीं सुधारी तो नाराजगी के साथ सीढ़ियों के सहारे ऊपर चला जाता। उस मोर की भावना का आदर कर हम उसे रोज मक्खन लगी रोटी समय से डालते।

हमारे चारों ओर जो घटित हो रहा है, उसमें सैकड़ों कहानियाँ छिपी हुई हैं, बस उनका विश्लेषण कर थोड़े रंग घटाने-बढ़ाने पड़ते हैं, एक सूत्र में

पिरोकर कहानी के रूप में प्रस्तुत करना होता है, भावनाओं के सागर में उतरना पड़ता है, जिसका आनंद अकथनीय है।

कहावत है—हर पुरुष की कामयाबी में एक स्त्री का हाथ होता है। उसी प्रकार से यह भी सच है कि अगर मेरा यह प्रयास सार्थक हुआ है तो उसके पीछे मेरे पति का प्रोत्साहन भी है। श्रीयुत शिव खेड़ा ने एक किस्सा सुनाया था कि ईश्वर ने जब सफलता की सीढ़ी का निर्माण किया तो बड़े असमंजस में पड़ गए कि कहाँ छिपाऊँ। अगर मनुष्य के हाथ लग गई तो दुरुपयोग होने की संभावना अधिक है। अंत में ईश्वर ने उसे छिपाने की उपयुक्त जगह खोज ही ली। उसे मनुष्य के मन में छिपा दिया। अत: मेरी कोशिश सफलता की सीढ़ी खोजने की है और इसी कोशिश का परिणाम इस कहानी-संग्रह के रूप में प्रस्तुत किया गया है।

प्रयास है कि प्रत्येक कहानी आपके मन के किसी कोने को छुए, आनंदित करे, जहाँ सोचने पर मजबूर करे वहाँ गुदगुदाए भी। आज भी भारतवर्ष में बच्चियों को भ्रूण अवस्था में मारा जाता है। गाँवों में, कस्बों व शहरों में अभी भी स्त्रियाँ प्रताड़ित की जाती हैं। 'आधी दुनिया' में हमारे समाज के सभी वर्गों की महिलाओं की खुशियों को, मनोवेदनाओं को, उनके संशय को आयाम देने की कोशिश की है।

आशा है, आप सराहेंगे।

—रश्मि गौड़

अनुक्रम

प्रतिवेदन

'ट्रिन-ट्रिन!' टेलीफोन की घंटी घनघना उठी। टी.वी. पर पावरफुल टॉक देख रही नीति ने बड़े बे-मन से फोन उठाया। दूसरी ओर से संदीप बोल रहा था।

''हैलो नीतू, कैसी हो?'' संदीप ने पूछा।

''ठीक हूँ, क्या अभी-अभी पहुँचे?'' नीति बोली।

'हाँ, बस होटल में चेक-इन किया है।'' संदीप ने कहा, ''बड़ी अनमनी सी लग रही हो!''

''नहीं तो, ऐसे ही, टी.वी. पर टॉक आ रही है, वही सुन रही हूँ।''

''क्यों, घर पर कोई नहीं है क्या?'' संदीप ने पूछा।

''नहीं, मम्मी-पापा पार्टी में गए हुए हैं और प्रतीक पिक्चर देखने।'' नीति ने बताया।

''तो फिर घर में कौन बात कर रहा है?''

''बताया ना, टी.वी. पर टॉक चल रही है।'' नीति झुँझलाई।

''हैं, बुद्धू मत बनाओ मुझे, जरा टी.वी. ऑफ करो।'' संदीप की आवाज में वही चिर-परिचित शक हिलोरें लेने लगा।

नीति क्रोधाभिभूत हो गई—''व्हाट डू यू मीन—मैंने किसी को बुला रखा है अपने पास?''

''मैंने ये कब कहा, क्या तुम मेरे संतोष के लिए टी.वी. का स्विच ऑफ एंड ऑन नहीं कर सकतीं।'' संदीप की आवाज तल्ख हो गई थी।

नीति का मन किया कि उसे कह दे कि वह भाड़ में जाए, परंतु पता नहीं क्यों, नीति संदीप से बहुत घबराने लगी थी। संदीप से सगाई हुए छह महीने बीते होंगे, परंतु ये छह महीने कहाँ तो लड़कियों के मीठे सपने की तरह बीत जाते हैं, कहाँ नीति को छह सदियों की भाँति लग रहे थे!

जब नीति-संदीप की सगाई हुई तो नीति की खुशी का पारावार न था। मध्यम वर्गीय परिवार में पली लड़की, हालाँकि शिक्षा में पिता ने कोई कसर न छोड़ी थी, परंतु लेट-नाइट पार्टीज या लड़कों के साथ घुलना-मिलना आदि सब मना था। सिनेमा दिखाने मम्मी-पापा साथ ले जाते। घर में प्रेम-भाव और आपसी समझ बहुत थी, किसी भी विषय पर खूब बहस होती, आपस में वाद-विवाद तो अकसर होता। नीति अपनी सारी बातें मम्मी को बता देती। अब नीति चौबीस साल की हो गई थी। दो-तीन साल से लड़के देख रहे थे, पर बात बन ही नहीं रही थी। दहेज की माँग व लिस्ट देख-देखकर उनका खून खौल जाता। तभी संदीप के माता-पिता से वर्माजी के यहाँ एक पार्टी में मुलाकात हुई। बात घूम-फिरकर दहेज के दानव पर आ टिकी। बातों-बातों में पता चल गया कि वे बड़े उदार विचारवाले हैं और दहेज के कतई खिलाफ हैं। उन्होंने अपने बड़े लड़के की शादी में व अपनी लड़की की शादी में न तो दहेज लिया और न ही दिया।

खैर, बाद में वर्माजी के द्वारा नीति के रिश्ते की बात संदीप से चलाई गई। लड़की देखने के बाद वे राजी हो गए। संदीप ने केवल १०१ रुपए पर टीका लिया और सायों के अनुसार छह महीने के बाद की शादी तय हुई। संदीप एक तो खूब लंबा, गोरा और सुंदर लड़का, दूसरे बीस हजार रुपए प्रति माह पर एक प्राइवेट फर्म में नौकरी—इस पर नीति फूली न समाई। घर में सब बहुत खुश। पापा-मम्मी ने तय किया कि भले ही लड़केवाले दहेज न लें, वे बहुत सुंदर ढंग से शादी करेंगे। बाजार से बढ़िया साड़ियाँ, गहनों की खरीदारी शुरू हो गई।

संदीप जब उसे देखने आया था तो नीति ने तभी बता दिया था कि उसकी नजर चूँकि कमजोर है, अत: वह कॉन्टेक्ट लेंस पहनती है। जहाँ संदीप सुंदर था वहीं नीति औसत में गिनी जाती। सज-धजकर तो बहुत अच्छी लगती, लेकिन साधारण सा नाक-नक्श था। फिर भी संदीप व उसके घरवालों ने उसे पसंद कर लिया।

संदीप ने कहा, ''अब हम-तुम अकसर मिला करेंगे, जिससे एक-दूसरे को जान पाएँ।''

मम्मी ने तो यह बात तुरंत मान ली, पर पापा थोड़े हिचकिचाए। मम्मी ने समझाया कि अब जमाना बदल गया है, जरूरी है कि ये दोनों एक-दूसरे को जानें। कोई बच्चे थोड़े ही ना हैं, नीति समझदार है और संदीप भी सुलझा हुआ लगता है।

खैर, उन्हें मिलने की इजाजत मिल गई। पहली बार नीति ब्यूटी पार्लर गई। फेशियल, ब्लीचिंग कराकर आई। हलका सा मेकअप कर गुलाबी सूट में बड़ी प्यारी लग रही थी। संदीप तो एकबारगी चौंक ही गया, बोला, ''अरे, बड़ी सजी-धजी हो, इतनी रौनक कैसे आ गई तुम्हारे चेहरे पर!''

नीति शरमा गई। संदीप उसे अपने बारे में बताने लगा—उसे क्या पसंद है, क्या नहीं, उसके लंबे ऑफिस ऑवर्स, कितना व्यस्त रहता है आदि। पता नहीं क्यों, नीति को लगा कि संदीप बहुत ही 'सेल्फ सेंटर्ड' है। उसने न तो अपने माता-पिता, न ही अपने भाई-भाभी और बहन के बारे में कुछ बताया, बस अपना ही बखान करता रहा। नीति ज्यादातर चुप रही। फिर संदीप बोला, ''अरे, मैं अपने बारे में ही बोल रहा हूँ, तुम भी कुछ बताओ न!''

''मैं क्या बताऊँ, अभी मैंने इंटीरियर डेकोरेशन का एक वर्ष का डिप्लोमा किया है। सोचती हूँ, एक-दो कॉन्ट्रैक्ट कहीं मिल जाएँ तो थोड़ा अनुभव भी हो जाएगा।'' नीति बोली।

''क्या कह रही हो? यू मीन, तुम जॉब करोगी?'' संदीप चौंका।

''तो क्या हुआ, आप तो सुबह जाकर रात को आया करोगे, मैं भी पार्ट टाइम जॉब कर लूँ तो क्या बुरा है!'' नीति ने अपना तर्क प्रस्तुत किया।

''देखो नीति, तुम्हें क्या जरूरत है इधर-उधर भटकने की, तुम्हें जो कुछ चाहिए मैं लाकर दूँगा।'' संदीप जोर देकर बोला।

उस समय नीति ने चुप रहना बेहतर समझा। वे लोग थोड़ा घूमे-फिरे, प्रगति मैदान में पुस्तक प्रदर्शनी देखी और अपनी मोटर साइकिल पर संदीप ने उसे घर छोड़ा।

मम्मी ने नीति का मन टटोलना चाहा, परंतु नीति से कुछ खास प्रतिक्रिया न पाकर संतुष्ट हो गईं कि लड़का ठीक है। लगभग रोज ही संदीप हाल-चाल जानने के लिए फोन अवश्य करता। इसी बीच नीति को अपने सीनियर श्री सक्सेना के साथ इंटीरियर डेकोरेशन का कॉन्ट्रैक्ट मिल गया। इन्हीं के साथ मिलकर काम करना था। नीति ने डिजाइनिंग आदि शुरू कर दी, पहली बार प्रैक्टिकली काम करना था, थ्योरी और प्रैक्टिकल में बहुत फर्क होता है। अपनी डिजाइंस को साकार होते देखना कितना सुखद होगा! संदीप को तो मानो वह भूल ही गई। मौके का जायजा लेना, किस तरह से किस कोने को सजाना है, बस यही धुन सी सवार हो गई। संदीप के तो रोज ही फोन आते, परंतु नीति के घर पर न होने की बात सुनकर वह बस हाल-चाल पूछकर फोन रख देता।

एक दिन नीति साइट पर थी। उसके सीनियर श्री सक्सेना उसे कुछ समझा रहे थे कि संदीप वहीं आ धमका। नीति चौंक गई, बोली, ''क्या हुआ, आप यहाँ?'' संदीप कुछ गुस्से में था, बोला, ''घर पर तो अब आप होतीं नहीं, सोचा यहीं मिल लें।''

''सबकुछ ठीक तो है!'' नीति समझ ही न पाई कि माजरा क्या है। फिर अपने बॉस से क्षमा माँगकर वह संदीप को अलग ले आई। संदीप का मुँह गुस्से से लाल था—''तो तुम अपने मन की ही चलाओगी?''

''अरे नहीं, ये तो सिर्फ थोड़े अनुभव के लिए कर रही हूँ। इट इज टेंपरेरी।''

"किस चीज का अनुभव करना चाहती हो तुम?" संदीप की बात सुनकर नीति तिलमिला गई। उसकी आँखों में आँसू आ गए। आँख में कॉन्टेक्ट लेंस होने के कारण वह खुलकर आँख पोंछ भी न पा रही थी, सो भागकर अपनी केबिन में गई और उन्हें निकालकर आँखों को पोंछा। शीशे से देखा कि संदीप वहीं आ रहा है। संदीप ने उसका चेहरा अपने हाथों में लिया, बोला, "जानेमन, आय एम सॉरी, तुम्हें बुरा लग गया। वह यू नो, जब तुम्हें उस कलूटे के साथ देखा तो मैं बस जलकर रह गया। मुझे लगता है कि तुम बस मेरी हो, मेरे अलावा तुम्हें न कोई देखे, न बात करे। तुम्हें रानी की तरह रखूँ मैं।"

नीति को कुछ समझ नहीं आया कि वह कैसे इस प्रेमी के निवेदन का प्रतिवेदन करे। खैर, अब वह एकचित्त होकर कुछ न कर पाएगी, सो अपने बॉस से क्षमा माँगकर संदीप के साथ चल दी। रास्ते भर संदीप उसे खुश करने का प्रयत्न करता रहा। निरुला में खाना खिलाया, एंपोरियम से चाँदी का फोटो-फ्रेम दिलाया कि उसमें दोनों अपना युगल फोटो लगाएँगे; परंतु नीति के 'शादी के बाद' फोटो लगाने की बात सुनकर चुप हो गया।

नीति जब घर पहुँची तो बहुत बेचैन थी। इस प्रकार का शहजादा तो उसने न चाहा था, जो उसे सारी दुनिया की नजरों से बचाकर रानी बनाकर रखे। बड़ी प्रैक्टिकल लड़की थी वह। इस बार उसने सारी बातें मम्मी को बताईं।

मम्मी बोलीं, "बिटिया, हो सकता है वह न चाहता हो कि तू जॉब करे। रहने दे, क्या फर्क पड़ता है, खूब अच्छा कमाता है, माँ-बाप का अपना घर है, मत कर जॉब।"

चूँकि कॉन्ट्रैक्ट का कमिटमेंट था, सो नीति को पूरा करना ही था। उसने संदीप को फोन पर अपनी मजबूरी बताई तो संदीप बोला, "इसे जल्दी-से-जल्दी निपटा दो और सुनो, तुम कॉन्टेक्ट लेंस पहनती ही क्यों हो? अब तो हमारी सगाई हो गई है, तुम्हें अपनी सुंदरता किसी को दिखाने की क्या जरूरत! चश्मा ही पहना करो, तब वह ज्यादा ठीक है।"

अगले दिन जब नीति साइट पर जा रही थी तो मम्मी चौंक पड़ीं, ''यह क्या, इतने गंदे कपड़े क्यों पहने हैं? वह नया आसमानी सूट पहनो न, और ये चश्मा लगाकर मुंशी क्यों बनी हुई हो?''

''ओह मम्मी, कॉन्टेक्ट लेंस से थोड़ी दिक्कत होती है!'' और सूट बदलने की बात टालकर नीति साइट पर जाने के लिए करने पापा के साथ निकल गई। पापा उसे छोड़ते हुए ऑफिस चले गए।

इस रविवार को उसकी सहेली रीमा का जन्मदिन था। दिन में उसने अपनी आठ-दस सहेलियों का लंच रखा था, फिर तीन से छह पिक्चर का। रात होने से पहले घर आना था, सो छह बजे तक सब लड़कियाँ अपने-अपने घर पहुँच जातीं। नीति ने बहुत उत्साह से साड़ी पहनकर हलकी सी ज्वैलरी पहनी और बारह बजे ही घर से निकल पड़ी। सवा बारह बजे संदीप ने फोन किया। अपने साथ कहीं ले जाने का इरादा था।

मम्मी ने बताया, ''वह अपनी सहेली के यहाँ गई है, शाम तक लौटेगी।''

संदीप बेचैन हो गया, ''क्या आंटी, वह मुझे रिंग नहीं कर सकती थी, कैसे गई है?''

''ऑटो में गई है, बेटा। आजकल की लड़की है, स्मार्ट है, कोई हम साथ-साथ पिछलग्गू बने थोड़े ही घूमेंगे।'' मम्मी भी चकित थीं।

''ओहो आंटी, प्लीज, उसकी सहेली का फोन नंबर देना।''

मम्मी ने फोन नंबर दे दिया।

जब तक नीति रीमा के घर पहुँचती संदीप के दो फोन आ चुके थे। सब सहेलियाँ चुटकी लेने के मूड में थीं।

रीमा ने कहा, ''लो भाई, अपनी अनारकली आ गई। तुम्हारे सलीम के दो फोन आ चुके हैं।''

नीति इससे पहले उसे विश कर पाती कि टेलीफोन की घंटी बज उठी, सबने उसे इशारा किया। जैसे ही उसने फोन उठाकर हैलो कहा, संदीप की झल्लाई आवाज सुनाई दी—''तो पहुँच गई आप, इतनी देर

कहाँ लगा दी?''

''वह मैं रीमा के लिए फूलों का बुके बनवा रही थी।'' नीति ने मानो सफाई दी।

''कौन-कौन हैं वहाँ पार्टी में?'' संदीप ने शक्की लहजे में पूछा।

''सारी कॉलेजवाली सहेलियाँ हैं हम।'' नीति बोली।

''आर यू श्योर?'' संदीप ने हार नहीं मानी।

''यस, आय एम श्योर।'' कहकर नीति ने फोन रख दिया। नीति का मूड बहुत उखड़ चुका था, पर चेहरे पर शांतिवाला भाव लाकर उसने रीमा को गले लगाकर विश किया, फूल आदि प्रेजेंट किया। सब सहेलियाँ हँसी-मजाक में लग गईं। चाहकर भी नीति संदीप को दिमाग से न निकाल पाई। सबने उसका ये अनमनापन महसूस किया। जब वह सिनेमा हॉल से निकल रही थी तो उसको लगा, जैसे उसको कोई छुपकर देख रहा है। वह झटके से मुड़ी तो कोई नहीं था। वह ऑटो रिक्शा स्टैंड पर जाने लगी तो उसे संदीप की मोटर साइकिल नजर आई। वह चुपचाप ऑटो में बैठकर सहेलियों से विदा ले घर चली आई।

घर आकर वह मम्मी के कंधे से लगकर फूट-फूटकर राने लगी। मम्मी समझ रही थीं, क्योंकि संदीप ने मम्मी से पिक्चर हॉल व पिक्चर का पता लगा लिया था। जब नीति शांत हुई तो मम्मी-पापा के साथ बैठी।

मम्मी बोलीं, ''अब तो 'टू मच' हो गया, चाहे नीति जीवन भर क्वारी रहे, ये शादी नहीं होगी।''

पापा सकपका गए। ''क्या कह रही हो? ऐसा घर, ऐसा शानदार लड़का कहाँ मिलेगा? थोड़ी इनसिक्योरिटी है उसे, वह शादी के बाद ठीक हो जाएगी, तब तो तू चौबीस घंटे उसकी नजरों के सामने रहेगी, बोर होकर खुद ही भेजा करेगा।'' पापा थोड़ा हलका वातावरण बनाना चाहते थे।

''और पापा, अगर भगवान् न करे मुझे आपकी या मम्मी की तीमारदारी के लिए कभी आना पड़े या अपने किसी और परिजन के दुःख में जाना पड़े, तब क्या होगा?'' नीति ने पूछा।

''कुछ नहीं होगा बेटा, ये ट्रांजिशन पीरियड है, इसमें लड़के थोड़ा कन्फ्यूज होते हैं, वह थोड़ा ओवरप्रोटैक्टिव है बस।''

''देखिए जी, भगवान् ने हम पर उपकार किया, जो ये छह महीने मिल गए हमें। अब फूँक-फूँककर कदम रखना होगा, कहीं ऐसा न हो, लड़की बरबाद हो जाए। पता नहीं क्या घुट्टी दी है, सारे दिन फोन पर ही बैठा रहता है।'' मम्मी बड़बड़ाईं।

''अच्छा, मैं शर्माजी से बात करता हूँ।''

''नहीं, पहले अपना तय कर लें क्या करना है। वहाँ से बात करके क्या पता लगेगा, वह अपने मुँह से अपने बेटे की बुराई थोड़े ही न करेंगे।''

''अच्छा, शादी को अभी महीना भर है, देखते हैं।'' कहकर पापा ने टाल दिया। वे इतना बढ़िया लड़का हाथ से जाने नहीं देना चाहते थे।

घर में सभी ने नीति के व्यवहार में शुष्कता महसूस की। यूँ ही फेड सूट पहने रहती, नाक पर चश्मा धरा रहता। ज्यों-ज्यों शादी के दिन नजदीक आ रहे थे, वह गुमसुम-सी रहने लगी। अब तो पापा भी चिंतित से होने लगे। फोन की घंटी बजते ही चौंक पड़ती, प्रतीक से न कभी झगडा़, न वह पहले जैसी मान-मनौवल।

इस बार तो हद ही हो गई। ज्यों ही मम्मी-पापा खाने से लौटे, नीति का चेहरा फक सफेद देखकर चिंता में पड़ गए । मम्मी ने प्यार से पूछा, ''बेटा, कोई आया तो नहीं?''

''नहीं मम्मी।'' नीति मानो खोई हुई थी। हमेशा मम्मी-पापा बाहर जाते तो नीति कपड़े वगैरह समेटकर, घर सँवारकर, सबकुछ तैयार रखती कि मम्मी थकी हुई आएँगी, परंतु आज सारा घर यूँ ही पड़ा हुआ था, पलंग की चादरें भी न सँवारी गई थीं।

मम्मी ने जल्दी-जल्दी घर सँवारा। आते समय नीति के लिए आइसक्रीम ले आए थे, वह भी नीति ने फ्रिज में रख दी। मम्मी जल्दी ही बिस्तर पर लेट गईं, नीति को पास बुलाया, पुचकारकर अपने पास लिटा

लिया, बोलीं, ''बेटी, कुछ बात तो जरूर है, अपनी मम्मी को नहीं बताएगी ?''

बस फिर क्या था। नीति के सब्र का बाँध टूट गया। उसने टी.वी. ऑन-ऑफ करने की सारी बातें बता दीं। उन्होंने दोटूक पूछा, ''बेटी, अब बता, अभी भी तू इस शक्की के पल्ले बँधना चाहती है? मुझे 'हाँ' या 'ना' में जवाब दे।''

''पर मम्मी वह कहता है कि वह मर जाएगा मेरे बगैर, पता नहीं कैसी अजीब-अजीब सी बातें करता है।'' नीति समझ नहीं पा रही थी।

''कोई नहीं मरा करता और ऐसे लड़के तो बिलकुल नहीं। कल तेरे पापा और मैं रिश्ता वापस करके आएँगे। और बेटी, तू अपने इंटीरियर डेकोरेशन के प्रोजेक्ट पर मेहनत से काम कर।''

नीति तो अपने माता-पिता की सूझ-बूझ व आपसी समझ होने के कारण बच गई; परंतु यही संदीप अपनी पत्नी को, जिसे 'चट मँगनी पट ब्याह' करके लाया था, सिगरेट से जला-जलाकर तड़पाता है और लगभग कैद कर रखा है घर में। इधर, नीति ने हाथ आए प्रोजेक्ट पर जमकर मेहनत की और कैरियर में एक मुकाम हासिल कर अपने ही साथ के एक आर्किटेक्ट से शादी कर ली। दोनों एक-दूसरे के पूरक बन जिंदगी में आगे बढ़ रहे हैं।

□

कान-खिंचाई

हर साल की तरह हम तीनों बहन-भाइयों के रिजल्ट आए और गरमी की छुट्टियाँ घोषित हो गईं।

सौम्या डरते हुए बोली, ''नितिन भैया, इस बार नानी के यहाँ जाते हुए बड़ा डर लग रहा है। मित्तो मामा बड़ी कान-खिंचाई करेंगे।''

इस बार सौम्या के नंबर कम आए थे। हम दोनों भाइयों ने तो कक्षा में दूसरा व चौथा स्थान पाया था, जबकि सौम्या का बीसवाँ रैंक आया था। वह इस बार छठी में आई थी। मैं नौवीं में और बिल्लू आठवीं में। तीनों बहन-भाई बड़ी उत्सुकता से गरमी की छुट्टियों का इंतजार करते। ननिहाल के क्या मजे होते हैं, भला हमसे ज्यादा कौन जान सकता है! वहाँ पर नानाजी की बड़ी लंबी-चौड़ी खेती है। ट्रैक्टर, ट्यूबवेल, मचान—पता नहीं क्या-क्या हैं? ये समझ लो कि जंगल में मंगल है। जब हम बंबई के छोटे-छोटे मकानों से बिजनौर की उपजाऊ जमीन पर आते तो मानो पर लग जाते। नानी तो सारे दिन हमारे खाने-पीने में लगी रहतीं। उनके हाथों की बनी चूल्हे की सोंधी-सोंधी रोटी, बस जिंदगानी का मजा आ जाता है। और 'स्टार अट्रैक्शन' हैं, हमारे मित्तो मामा। उम्र में तो हमसे पाँच-छह साल बड़े हैं, पर भैया रे! क्या रुआब है उनका, वह हमारे साथ बच्चों की तरह खेलते हैं। घर की पतली-सी चारदीवारी पर पतंगबाजी करते हुए टेढ़े-टेढ़े दौड़ते हैं। आकाश की तरफ निगाहें और सधे हुए पैर चारदीवारी

पर। हम लोग तो दाँतों तले उँगली दबा लेते हैं। चरखी पकड़कर हम नीचे-नीचे तो वे ऊपर। कांति मौसी के दोनों बच्चे मिनी और हनी भी उस समय वहीं होते हैं। तीन साल पहले हम सबकी मीटिंग बुलाकर मामा ने आदेश दिया कि 'अब तुम लोग बड़े हो गए हो, ऊँची कक्षाओं में जाने के लिए पढ़ाई का स्तर सुधारो, खबरदार! जो पाँचवीं रैंक से नीचे कोई गया।' कहकर उन्होंने हम लोगों से पीछे-पीछे आने को कहा। बाहर देखा, चार-पाँच बंदर धमा-चौकड़ी मचा रहे थे। मामा ने आव देखा न ताव, पास पड़ी रस्सी घुमाते हुए बंदरों के बीच पहुँच गए। बंदर घबराकर भागे तो आखिरी बंदर को उन्होंने झपटकर पकड़ लिया। हमारी तो साँस ऊपर-की-ऊपर रह गई, 'हाय राम! अब तो ये बंदर मित्तो मामा को काट-काटकर लहूलुहान कर देगा।' कहकर मिनी रोने लगी। पर ये क्या, मामा ने पहले ही फंदा तैयार कर रखा था। वह फुरती से बंदर के गले में डाल दिया। बंदर की चिल्ल-पों से हमें घबराहट होने लगी। तभी मामा ने आदेश दिया कि हम सब कमरे में चलें। हमारा अड्डा छतवाली बरसाती ही होता था। सारी मीटिंग्स, शरारतों के पूर्व की प्लानिंग वहीं की जाती थीं। सो डरकर हम बरसाती में घुस गए, पीछे मदारी की तरह मामा घुसे। उन्होंने अपने अजेय फंदे से बंदर के हाथ भी बाँध दिए। उस बंदर को लेकर जैसे ही वह ऊपर आए, झपटकर मैंने दरवाजा बंद कर दिया, क्योंकि बंदरों में बड़ी एकता होती है, अगर पूरी फौज ही यहाँ आ गई तो लेने-के-देने पड़ जाएँगे।

"देखा, ये होती है समझदारी, नितिन शाबाश! देखो, अब मैं दिखाता हूँ कि अगर तुममें से किसी का भी पाँचवें रैंक से नीचे आया तो मैं क्या करूँगा?" उन्होंने बंदर के कान खींच-खींचकर चाँटे लगाने शुरू कर दिए। बंदर जोर-जोर से रोने लगा। तभी खिड़की से देखा कि और चार-पाँच बंदर बाहर छत पर सहमे-से खड़े हैं। पहले तो हम घबरा गए, परंतु अब मजा आने लगा। हम सब मामा के शौर्य से स्तंभित थे।

"पर मामा, अब इस बंदर का करोगे क्या?" सौम्या ने पूछा।

''अरे! करूँगा क्या, छोड़ दूँगा। जाकर अपने सगे-संबंधियों को बताएगा, तो मजाल कि हमारी छत पर धमा-चौकड़ी मचाएँ। देखो बच्चो, 'डर' मन का होता है। अगर तुम डर गए तो दूसरा तुम्हें दबोच लेगा और इसी तरह जिंदगी भर कान-खिंचाई होती रहेगी। इसीलिए तो पढ़ाई के क्षेत्र में या और किसी भी मुश्किल परिस्थिति में डरना नहीं है तुम्हें, समझे!''

समझे या नहीं समझे, परंतु मिनी, सौम्या और हनी तो सहमकर सिर हिला रहे थे। मामा की 'हीरो वरशिपिंग' हो रही थी। हाँ, हम कुछ समझदार थे, इसलिए मामा की बात समझ रहे थे। तभी बंदरों का शोर कुछ तेज हो गया, मामा ने बाहर देखा कि बंदर बढ़ते जा रहे हैं, सो उस बंदर के गले का फंदा ढीला किया और जरा सा दरवाजा खोलकर बाहर निकाल दिया, हाथ वे पहले ही खोल चुके थे। बंदर यूँ छूटकर भागा जैसे कि यहाँ बिजली गिरी हो। उसकी प्रतिक्रियावश सारे बंदर उसके पीछे भागे।

हम लोग ताली बजा-बजाकर हँसने लगे। जब बाहर मैदान साफ हो गया तो मामा ने दरवाजा खोल बाहर जाकर बड़े संतोष के साथ चारों ओर देखा। हमें इशारा किया और विजेता की तरह हमारे आगे-आगे नीचे की ओर चले। ये सब कार्यकलाप भरी दोपहरी में, जब घर के सब बड़े दिन की नींद ले रहे होते, तब होते थे। मम्मी उठ गईं और हमारे लिए ठंडा शरबत बनाने में जुट गईं। कांति मौसी चाय बनाने लगीं। खूब दबाकर लड्डू-मठरी खाए और शरबत पीकर हम फिर धमा-चौकड़ी को तैयार!

एक बार तो मामा ने एक उद्दंड बंदर को सियारवाली कहानी के सदृश नीले रंग से रँग दिया, जब वह अपनी बिरादरी में पहुँचा तो सारे बंदरों ने उसे खूब दौड़ाया और उसकी अच्छी खबर ली।

अब समस्या है कि सौम्या का बीसवाँ रैंक आया है और मित्तो मामा की 'कान-खिंचाई' मामूली होती नहीं, तो किया क्या जाए? नानी के यहाँ हमेशा की तरह जाना तो है ही। मित्तो मामा तो अब कॉलेज में आ गए हैं, परंतु हमारे साथ बच्चे बन जाते हैं और गजब का अनुशासन भी रखते हैं।

इस बार चूँकि पापा को होम टाउन का किराया नहीं मिलना था, इसलिए तय किया गया कि सेकंड क्लास स्लीपर ऑर्डिनरी से चला जाए। पाँच लोगों का किराया कम नहीं होता। इतनी गरमी में सामान्य सेकंड क्लास स्लीपर में जाने में हमें तो कोई दिक्कत नहीं थी, परंतु मम्मी के पसीने छूट रहे थे। हम लोगों को तो वैसे भी सारी दोपहरी नानी के यहाँ धमा-चौकड़ी करनी होती है। हाँ मम्मी, मौसी, पापा, नाना, नानी सब दिन में कूलर में खूब मजे से सोते हैं। खैर, नियत दिन हम सब गाड़ी से बिजनौर के लिए चले। शाम को चढ़े और रात को खाना-पीना करके सब चादर डालकर सो गए।

अचानक रात को छीना-झपटी की आवाज सुनकर हम चौंककर जागे। मैं और सौम्या ऊपर की बर्थ पर थे, मम्मी और बिल्लू नीचे की बर्थ पर। इस बार पापा नहीं आ पाए थे, वे बाद में आते वक्त लेने वाले थे। हमने देखा, एक लंबा-सा दुबला आदमी मम्मी की चेन खींच रहा था कि मम्मी ने उसका हाथ पकड़ लिया और वह अपना हाथ झटक रहा था। इतने में हम कुछ रिएक्ट कर पाते कि उसने अपनी जेब से चाकू निकाल लिया और मम्मी को मारने के लिए हाथ ऊपर उठाया। पलक मारते ही यह सब क्या होने लगा! उसका मुँह मेरे सामने था और चाकूवाला हाथ ऊपर उठा हुआ। सौम्या ने आव देखा न ताव, बड़ी मजबूती से उसका हाथ पकड़ लिया। तब तक मैं कूदकर नीचे आ गया और उसकी गरदन पकड़ ली। उसके हाथ से मम्मी की चेन छूट गई, मम्मी चिल्ला रही थीं, सो डिब्बे के लोग जाग गए, ऊपर से सौम्या ने उसके चाकूवाले हाथ पर जोर से काट लिया और चाकू छीन लिया। इधर, मैंने गरदन पकड़कर तीन-चार घूँसे उसके पेट में लगाए, तब तक डिब्बे के दूसरे लोगों ने उसे पकड़ लिया। खूब धुनाई हुई उसकी। फिर उसे रेलवे पुलिस के हवाले कर दिया गया। डिब्बे के सभी लोगों ने हमारी प्रशंसा की और बहादुरी के लिए खूब शाबाशी दी। सौम्या अभी भी ऊपर बैठी थी, मैंने उसे नीचे उतारा। तब मुझे खयाल आया कि अगर सौम्या उसका चाकूवाला हाथ

पकड़ने का साहस न करती तो इस बदमाश से पार पाना मुश्किल था। वह मम्मी को, फिर मुझे भी चाकू मार सकता था। मम्मी ने सौम्या को गोदी में बिठा लिया और उसे खूब प्यार किया।

नानी के यहाँ पहुँचे तो इस घटना में काफी नकम-मिर्च लग चुकी थी। सब चकित होकर हमारी शौर्य-गाथा सुन रहे थे। सबसे ज्यादा खुश मित्तो मामा थे कि उनकी ट्रेनिंग से हम कितने बहादुर हो गए हैं। बाकायदा सौम्या को 'थ्री चियर्स' की गई और सबसे महत्त्वपूर्ण बात यह कि उसकी 'कान-खिंचाई' कैंसिल हो गई। आखिरकार, उसने हर परिस्थिति में न डरने का निश्चय जो सार्थक कर दिखाया था।

□

श्रीविहीन कपड़े

नवंबर माह का अंत था, मौसम में ठंडक जोर पकड़ रही थी, ऊपर से नैनीताल। बस, अब तो बच्चों के इम्तिहान खत्म हों तो चैन से सुबह को देरी से उठा जाए। यही मना रही थी शीतल कि दरवाजे की घंटी बजी। गरम सलवार-सूट के ऊपर स्वेटर पर शॉल ओढ़कर उसने दरवाजा खोला तो देखा, एक बेहद बूढ़ा आदमी फटे-पुराने कपड़ों में खड़ा है, सिर पर बड़ा-सा बोरा लादे हुए। शीतल की रूह काँप गई, 'हे भगवान्! इतनी सर्दी में चिथड़े पहने बाहर बर्फानी हवा में खड़ा है।' तभी बूढ़ा अपनी टूथलेस हँसी हँसा, "मेमसाब, सब्जी ले लो, बड़ी ताजा है, अभी अपने खेतों से तोड़कर ला रहा हूँ।"

"हाँ-हाँ बाबा, दिखाओ क्या-क्या है?"

"आज तो मेमसाब, गाजर, शलजम और लाही लाया हूँ।" बूढ़ा बोला।

"अच्छा, तो दो-दो गड्डी गाजर, शलजम की दे दो। अगली बार आओगे तो मटर और गोभी भी लाना।" शीतल ने कहा।

"अच्छा-अच्छा, मेमसाब।" बाबा मानो आश्वस्त होकर बोला।

शीतल अंदर गई, बाबा के लिए एक स्वेटर, जो शांतनु के छोटा हो गया था, निकाला और सब्जी के पैसे देते हुए बोली, "लो, ये पहन लो और चाय पीकर जाना।"

नौकर को चाय बनाने के लिए कहकर वह अंदर आ गई। ठंडी हवा शरीर में घुसी जा रही थी, परंतु उसका ध्यान बाहर ही लगा रहा। बाबा ने चाय पी और स्वेटर गठरी में रखने लगा। अंदर से ही शीतल ने कहा, ''बाबा, सर्दी बहुत है, पहन लो इसे।'' अच्छा-अच्छा कहकर बाबा ने उसे पहन लिया। सिर पर गठरी लादी और चल पड़ा। शीतल उसे अंदर से ही जाते हुए देखती रही। साढ़े चार फीट का कद, कमर झुकी हुई, उम्र पिचहत्तर-अस्सी के लगभग तो जरूर होगी, पता नहीं बेचारा इस उम्र में भी कहाँ-कहाँ से चलकर आता है दो पैसे कमाने के लिए। अरे, यह क्या! शीतल ने देखा कि बाबा ने गठरी नीचे उतारी, स्वेटर उतारकर सावधानी से उसमें रखा और पुनः चल दिया। शीतल हैरान रह गई और दूर तक उसे जाते हुए देखती रही।

दो-तीन दिन बाद पुनः बाबा हाजिर था, उन्हीं पुराने चिथड़े में। शीतल ने सब्जी खरीदी और स्वेटर के बारे में पूछा। बाबा बोला, ''मेमसाब, यह थैला कंधे पर रखने से स्वेटर फट जाएगा, इसलिए नहीं पहना।''

''अरे, तो मैं दूसरा दे दूँगी, तुम पहना करो उसे।''

''अच्छा-अच्छा, मेमसाब, मेहरबानी आपकी।'' कहकर बूढ़े ने हाथ जोड़ लिये।

इस बार बच्चे भी बाहर आए। छोटा बेटा नितिन बोला, ''बाबा, इस बार बड़े नीबू और माल्टा लाना।''

''अच्छा भइया, जरूर लाऊँगा।'' कहकर बाबा ने गठरी लादी और चल पड़ा।

अगली बार बाबा नीबू और माल्टा लाया, परंतु पैसे लेने से साफ इनकार कर दिया, बोला, ''बच्चों ने मँगाए हैं, इसके पैसे वह नहीं लेगा।'' शीतल हतप्रभ रह गई। इस छोटे से गरीब शरीर में इतना विशाल हृदय!

इसके बाद तो बाबा हफ्ते में दो बार अवश्य आता। ताजा-ताजा सब्जी बड़े वाजिब दामों पर शीतल को देता। बच्चों की मँगाई किसी भी चीज के पैसे कतई नहीं लेता। इस बीच शीतल ने भी उसे कई स्वेटर,

शॉल, पैंट, शर्ट दिए; परंतु बाबा वही फटे-पुराने कपड़ों में आता। शीतल को बड़ा आश्चर्य हुआ, कहीं ऐसा तो नहीं कि ये कपड़े बेच देता हो। एक वह ही ऐसी दयालु तो नहीं, कई लोग इसे कपड़े-लत्ते देते होंगे। राम जाने! एक दिन शीतल ने पूछ ही लिया, ''बाबा, तुम्हें सर्दी नहीं लगती, मैंने तुम्हें स्वेटर भी दिए, पर तुम पहनते ही नहीं, क्या अच्छे नहीं लगे?''

''अरे, नहीं-नहीं मेमसाब, चलने में गरमी लगती है, फिर हम तो पहाड़ों के ठहरे, ज्यादा सर्दी नहीं लगती। वे कपड़े तो इतने अच्छे हैं कि मैंने शादी-ब्याह के लिए रख छोड़े हैं।''

''अरे भाई, शादी-ब्याह क्या रोज-रोज होते हैं, मैं दूसरे निकाल दूँगी।'' शीतल को दो स्वेटर और शॉल में भी सर्दी लग रही थी।

''बड़ी मेहरबानी आपकी साब, भगवान् आपको तरक्की दें।'' कहकर बाबा ने गठरी लादी और उसी मंथर गति से चल पड़ा।

सर्दी गई, फागुन का महीना आया, नैनीताल में भी ठंड का प्रकोप कम हुआ। शादी-ब्याह के साये भी आ गए। इस बार होली पर शीतल ने बाबा के लिए शॉल खरीदा, सब इसी नामुराद को निहारेंगे न शादी-ब्याह में, 'हुँह! ना मुँह में दाँत, ना पेट में आँत, शादी-ब्याह में पहनेगा।' शीतल को बाबा एक बच्चे के समान लगने लगा।

उसके बाद पंद्रह दिन तक बाबा नहीं आया, शीतल को चिंता होने लगी। कहीं मरमरा तो नहीं गया, अरे कुल्फी जम गई होगी। सारे कपड़े पता नहीं किस शादी में पहनने के लिए जमा कर रहा है नामुराद! अचानक उसे अपने ऊपर झुँझलाहट हो आई, क्यों वह सोचती है उसके बारे में? भारत में लाखों लोग नंगे-भूखे हैं, क्या सबका उद्धार कर पाएगी वह? पर जो सामने है उसके लिए तो कुछ कर सकती है, दिल ने तर्क दिया। उसका दिल भर-भर आने लगा। अगर बाबा मर गया होगा तो कैसा वैक्यूम सा हो जाएगा उसके जीवन में। उसको कुछ देकर, उसकी सब्जी खरीदकर कितना संतोष होता था शीतल के अपने मन में।

तभी बीस-पच्चीस दिन बाद बाबा फिर दरवाजे पर दिखाई दिया। बच्चों ने शीतल का मजाक बनाया, ''लो मम्मी, आ गया आपका फेवरेट। पूछो, कहीं स्वर्ग से तो नहीं आया आपसे मिलने।'' शीतल ने शीघ्र ही दरवाजा खोला, बाबा अपनी 'टूथलेस' हँसी हँसा।

''अरे, इतने दिन क्यों नहीं आए, बाबा? हम तो ताजी सब्जी को तरस गए।'' शीतल भी हलके मूड में थी।

''मेमसाब, क्या करता, लड़की का मामला ठहरा? बड़ी दौड़-धूप के बाद एक लड़का राजी हुआ है, हमने तो अपनी तरफ से अच्छा कपड़ा और सीधी-सादी शादी के लिए कहा है। भगवान् का शुक्र है कि मान गए।''

''अरे, तुम्हारी लड़की भी है शादी लायक?'' शीतल को आश्चर्य हुआ।

''हाँ मेमसाब, दस बच्चे हैं मेरे।'' बाबा बोला।

''दस बच्चे और तुम दिन-रात कंधे पर बोझ रखकर दो पैसे कमाने के लिए घूमते रहते हो।'' शीतल ने तो सोचा था कि बाबा इस दुनिया में अकेला होगा।

''साहब, क्या करें, पेट के कारण घूमना पड़ता है। लड़के पढ़े नहीं, इसलिए छोटा-मोटा काम ही करते हैं, अपना पेट पाल लें तो बहुत है। इस महँगाई में और क्या करें, साहब।''

'तुम्हारी और कोई भी लड़की है शादी के लायक?'' शीतल मानो जुड़ गई उसकी समस्या से।

''नहीं साहब, ये आखिरी है। अब ये बोझ सर से हटे तो गंगा नहा जाऊँ। साहब, आप जरूर आना बेटी-दामाद को आशीर्वाद देने।'' कहकर एक हलदी लगा छोटा सा लिफाफा उसने शीतल को दिया।

शीतल लिफाफा लिये अंदर आई तो दोनों बेटों ने फिर चुटकी ली, ''अरे मम्मी, आप तो चीफ गेस्ट होंगी, वहाँ पर जरूर जाइएगा।''

''हाँ-हाँ, जरूर जाऊँगी और तुम लोग भी चलोगे मेरे साथ।'' शीतल हँसी। लगता था बाबा ने यह लिफाफा खासतौर से शीतल के लिए बनवाया

था। हलदी और चावल से सतिया बना था एक पन्ने पर और साहब और मेमसाब को निमंत्रण था आने का। शीतल भावुक तो थी ही, उसने ठान लिया कि वह बाबा की बेटी की शादी में अवश्य जाएगी।

शादी का दिन आया। शीतल ने गाड़ी मँगा ली और शाम को पाँच बजे बाबा के बताए पते पर शादी में पहुँची। बाबा का घर पंद्रह किलोमीटर तो अवश्य होगा, अगर पहाड़ी रास्ते भी लगा लो तो बाबा कम-से-कम दस किलोमीटर चढ़कर आता होगा। शीतल की तो रूह काँप गई।

एक स्थान के बाद गाड़ी आगे नहीं जा सकती थी। शीतल अपने छोटे बेटे के साथ पैदल ही चली। ऊबड़-खाबड़ रास्ते से करीब आधा किलोमीटर चलने में ही उसकी साँस फूल गई। देखा, एक छोटे से कच्चे घर में लाइटें लगी हुई हैं। वही था बाबा का घर। बाबा और उसके लड़के झटपट बाहर आए और उनकी अगवानी की। बड़े आदर के साथ अंदर ले गए। अंदर जाकर शीतल हैरान रह गई। उसके दिए सारे कपड़े बड़े सजाकर गोटे में लपेटकर दहेज में रखे हुए थे। वे कपड़े, जो उसके अपने घर में बड़े श्रीविहीन से लगते थे, यहाँ पर दहेज के रूप में शोभा बढ़ा रहे थे। शीतल की आँखें भर आईं। बाबा के प्रति उसका मन श्रद्धा से भर गया, कितना स्वाभिमानी है वह! इतना गरीब होते हुए भी बच्चों की मँगाई चीजों के कभी पैसे नहीं लिये उसने, न कभी लड़की की शादी की दुहाई देकर पैसा माँगा। जो भी चीज शीतल ने उसे दी, उसे बड़े यत्न से अपनी बेटी व जमाई के लिए इकट्ठा करता रहा। शीतल ने छुपकर आँखें पोंछीं, बाबा के लिए सौ रुपए लेकर गई थी, परंतु पाँच सौ रुपए देते हुए बोली, ''मेरी ओर से बेटी के कन्यादान के लिए हैं ये।'' बाबा मना करता रहा, परंतु उसके हाथ में ठूसकर वह बाहर निकल आई और हाथ जोड़कर बाबा से विदा ली। एक ओर सूरज छिप रहा था, दूसरी ओर चंद्रमा अपनी चाँदनी बिखेर रहा था। अंदर से गाने-बजाने की आवाजें आने लगीं और शीतल मानो हवा में तैर रही थी। गाड़ी तक पहुँचने का उसे पता ही नहीं चला।

□

रिश्ते

गाड़ी की आवाज सुनते ही रेणु दरवाजे की ओर लपकी, ''अरे, नमिता आ गई!'' दोनों सखियाँ गले लग गईं। ''मुझे लगा कि अब तू नहीं आएगी।'' रेणु बोली।

''हूँ, कैसे नहीं आती! मेरी सबसे प्यारी सहेली का जन्मदिन हो और मैं न आऊँ?'' नमिता ने हँसकर कहा।

तभी सब मेहमान बाहर आ गए। सबके चेहरे खिल उठे, नमिता की हँसी थी ही ऐसी।

सुरेन बोल पड़ा, ''अरे, अभी से फूल मत बिखराओ, कहाँ तक समेटेंगे?''

''अच्छा जी, तो मजनूँ मियाँ भी आए हैं।'' नमिता फिर हँसी।

''आपका नाम सुनते ही तो सारा नैनीताल आने को तैयार था। रेणु ने ही लिफ्ट नहीं दी।'' जतिन बोला।

''चलो, बाहर ही बतियाते रहोगे या अंदर भी आने दोगे। बेचारी बहुत थकी लग रही है।'' रेणु नमिता को अंदर ले जाने लगी।

''थक तो बहुत गई हूँ, पर हाँ, यहाँ की ताजी हवा, हरियाली और तुम सबसे मिलते ही एकदम ताजा हो गई हूँ। बस, हाथ-मुँह धो लूँ, फिर गप्पें मारेंगे।''

नमिता अंदर जाकर अंकल-आंटी से मिली। जल्दी-जल्दी अपना

बैग रखकर सामने कमरे में हाथ-मुँह धोने घुस रही थी कि सामने पलंग पर किसी अजनबी को पाकर हड़बड़ा उठी। वापस मुड़ी ही थी कि एक गहरी सी आवाज आई, ''आ जाइए, मैं रेणु का चचेरा भाई संजय हूँ। आप मुझे नहीं जानतीं, पर मैंने आपकी बहुत तारीफ सुनी है।''

नमिता रुक गई, तभी रेणु भी वहाँ पहुँच गई। संजय बड़े ही आकर्षक व्यक्तित्ववाला पच्चीस-छब्बीस वर्ष का नौजवान था। कद छह फीट का रहा होगा। गंदुमी रंग, गहरी आँखें और गंभीर आवाज, दाएँ गाल पर काला मस्सा।

''ये मेरे चचेरे भाई संजय हैं। कानपुर में इनका बिजनेस है और ये है मेरी सबसे प्यारी सहेली, नमिता।'' रेणु ने एक-दूसरे का परिचय कराया।

नमिता ने 'हैलो' कहा और संजय से झुककर अभिवादन।

रेणु नमिता को अपने कमरे में ले गई। वहाँ नमिता ने जी भरकर गरम पानी में स्नान किया, पार्टी के लिए गुलाबी रंग की सलवार-कमीज पहनी और बाहर आई। उसके गोरे रंग पर यह रंग बहुत फब रहा था। हलके से मेकअप से बारीक नाक-नक्श उभर आए थे। पार्टी की चहल-पहल जोरों पर थी। म्यूजिक बजने लगा, धीरे-धीरे सब लोग धुन पर थिरकने लगे। सीमा बहुत अच्छा नाचती थी, सो उसने जोरदार नृत्य किया।

तब तक मम्मी ने केक लाकर मेज पर रख दिया। नमिता काफी दिनों बाद सबसे मिल रही थी, सो सब लोग दिल्ली के बारे में, उसके कॉलेज के बारे में पूछ रहे थे। रेणु और नमिता सात साल हॉस्टल में साथ-साथ रहकर पढ़ी थीं। बारहवीं के बाद नमिता अपने माता-पिता के पास दिल्ली चली गई और बी.ए. वहीं से करने लगी। रेणु अपने मम्मी-पापा के पास नैनीताल में ही थी और यहीं रहकर बी.ए. कर रही थी। पिछले मार्च को बिछुड़ी ये अब फरवरी में रेणु के जन्मदिन पर मिल रही थीं। तभी मम्मी ने आवाज लगाई, ''आओ सब लोग, अब केक काटेगी रेणु।''

संजय एक गिफ्ट हाथ में लिये बाहर आया। रेणु ने केक काटा। सबने ताली बजाकर रेणु को बधाई दी और अपने-अपने उपहार भेंट

किए। नमिता ने भी अपना उपहार चुपचाप रेणु के हाथ में दिया, तभी संजय भी आगे आया। अपना उपहार उसने खोला, टाइटन की चमचमाती घड़ी थी उसमें, बड़े शान से उसने रेणु को पहनाई और बधाई दी। रेणु गद्गद हो गई।

मम्मी बोली, ''अरे, इतना महँगा उपहार इसकी शादी पर देना।''

''शादी पर आप देखना, लाद दूँगा इसे, आंटी।'' संजय ने कहा।

''ओह! थैंक्यू भैया!'' रेणु बहुत खुश थी।

''और आंटी, ये आपके लिए,'' कहकर संजय ने मोतियों की माला आंटी के हाथ में थमा दी।

''मेरे लिए क्यों भई, यह तो ठीक बात नहीं।'' आंटी हिचकिचाईं।

''अरे आंटी, आप ही तो हकदार हैं। इस रेणु को तो यूँ ही दे दिया मैंने।'' संजय ने हँसकर कहा।

पता नहीं क्यों ये चर्चा, ये दिखावा नमिता को अच्छा नहीं लग रहा था, वह वहाँ से हट गई। अब सबने उससे गाने का इसरार किया। उसने बड़ी प्यारी सी गजल सुनाई। रेणु ने भी धमाकेदार गाना सुनाया। खूब गाना-बजाना होने लगा। हालाँकि नमिता बहुत खुशदिल इनसान थी, परंतु उसे खराब लगा कि संजय ने इतने सारे लोगों के बीच अपने उपहारों का प्रदर्शन किया। सोचने लगी, 'भई, सब तो इतना खर्चा नहीं कर सकते, होगा तो होगा अपने घर का अमीर।' आखिर रात के दस बजे पार्टी खत्म हुई। सबने कार्यक्रम बनाया कि जब तक नमिता यहाँ है, रोज मिला जाए। बजाय इसके कि नमिता अलग-अलग घरों में जाए, क्यों न पिकनिक पर चलें। अगले दिन रविवार भी था, नमिता इडली बहुत अच्छा बनाती थी, सो तय हुआ कि सब एक-एक डिश लाएँगे और टिफिन टॉप जाकर पिकनिक मनाएँगे। सबने विदा ली। नमिता बहुत थकी हुई थी। दिन भर का सफर, फिर हो-हल्ला। फिर भी उसने काम में आंटी और रेणु की मदद की। संजय बोल उठा, ''अरे आंटी, मुझे बता दिया होता, मैं एक नौकर ले आता साथ, यूँ ही निठल्ले घूमते रहते हैं घर पर।''

''अरे भाई, हमें कहाँ खबर थी कि तुम आ रहे हो? तुम तो अचानक ही पहुँच गए कल रात। हर बार कार से आते थे, इस बार बस से आए और अपना बैग भी खो आए।'' आंटी हँसीं।

''ओ, प्लीज आंटी, मेरा मजाक न उड़ाइए, अब बस में कभी सफर नहीं किया सो भूल हो गई। वह तो ज्यादा महँगा सामान नहीं था, बस चार-पाँच हजार रुपए होंगे उसमें। दूसरे, अच्छा हुआ जेब में भी सात-आठ हजार थे, वरना आज उपहार भी न दे पाता अपनी बहन को।'' संजय ने कनखियों से नमिता की ओर देखा।

नमिता अनमनी सी हो गई। दुनिया भी अजीब इनसानों से भरी पड़ी है। इसको अपने पैसे का कितना गुरूर है और आंटी इसे ख्वाहमख्वाह भाव दिए जा रही हैं। उसने सर झटका और सोने के लिए कमरे में चल दी। इतने में संजय ने उसे टोका, ''अरे, आप इतनी जल्दी सोने चल दीं, कुछ समय हमारे साथ भी बैठिए।''

''एक्सक्यूज मी, मैं बहुत थकी हूँ, नींद आ रही है।'' कहकर नमिता रेणु के कमरे में आ गई। कपड़े बदले और पलंग पर ढेर हो गई।

घर का काम आदि निबटाकर रेणु अपने कमरे में आई। उसको सोता देखकर बड़े प्यार से मुसकराई, 'कितनी भोली और सहृदय है नमिता!' हॉस्टल में साथ रहते कभी उसे यह महसूस नहीं हुआ कि वह अपने माँ-बाप की इकलौती बेटी है, नमिता सगी बहनों से भी बढ़कर उसके लिए है। क्या अच्छा होता! अगर उसका अपना सगा भाई होता तो जरूर उसे भाभी बनाकर अपने घर ले आती। पर हाँ, संजय भी तो है, चाहे साथ नहीं रहेगी, परंतु हमारे परिवार में तो आ ही जाएगी। वैसे पता नहीं कहाँ होगी उसकी शादी? मुझसे मिलने भी आ पाएगी या नहीं। इस खयाल से रेणु इतनी उत्तेजित हुई कि मम्मी-पापा के कमरे में जा पहुँची। पापा को अपना विचार बताया तो मम्मी बोलीं, ''हाँ, जोड़ी तो बढ़िया रहेगी, फिर संजय का बिजनेस खूब चलता है, पैसा पानी की तरह बहाता है, हैंडसम है, घर भी अच्छा है और नमिता तो अपनी बेटी की तरह है ही। विचार तो बढ़िया

है। नमिता के मम्मी-डैडी भी मान जाएँगे फौरन। अब बी.ए. भी कर लेगी, तब तक संजय भी रुक सकेगा!''

''संजय से भी तो बात कर लें।'' पापा बीच में बोले।

''नहीं-नहीं, अभी बात नहीं छेड़ते, अभी दो दिन नमिता तो यहाँ है ही। संजय ने बताया तो नहीं, पर रहेगा वह भी कुछ दिन शायद। सो मिलने-जुलने दो, इससे ही इनका मन भी पता चल जाएगा।'' मम्मी का कहना था।

रेणु खुशी-खुशी अपने कमरे में आ गई। उसका मन कर रहा था कि नमिता को झिंझोड़कर जगा दे। उसे खुश खबरी दे कि वह उसके घर की मेंबर बन सकेगी। परंतु उसने अपने पर काबू रखा और चादर ओढ़कर सो गई। रात को तीन-चार बजे होंगे, नमिता को बाथरूम जाना था। गेस्टरूम और रेणु का कमरा, दोनों एक ही बाथरूम से जुड़े थे। पहले तो उसने रेणु को जगाना चाहा, परंतु उसे पता था कि उसकी नींद कितनी पक्की है। हॉस्टल में भी होली के दिन सब उसके मुँह पर चित्रकारी करते रहते और ये बिंदास चादर तानकर सोती रहती। सो वह उठी, बाथरूम का दरवाजा खोला, दूसरी ओरवाले दरवाजे की कुंडी धीरे से लगाई। तभी उसे सिगरेट की गंध सी आई। पता नहीं क्यों, हालाँकि संजय में कोई कमी न थी, फिर भी नमिता को जरा भी न भाया था। उसने चाबी के छेद से झाँककर देखा, संजय सोया नहीं है। दनादन सिगरेट के कश-पे-कश लगा रहा है, बड़ा बेचैन सा लग रहा है। खैर, वह चुपचाप निवृत्त होकर अपने कमरे में आ गई और पुनः निद्रादेवी ने उसे आ घेरा।

सुबह साढ़े सात बजे आंटी ने दरवाजा खटखटाया, चाय लाई थीं। बड़ी मुश्किल से रेणु को उठाया गया। नौ बजे पिकनिक भी जाना था, इडली-चटनी भी बनानी थी, अतः दोनों सहेलियाँ फुरती से उठ खड़ी हुईं। जल्दी में नमिता बाहर निकली कि संजय से टकरा गई।

''आइ एम सॉरी।'' नमिता ने क्षमा माँगी।

''बट, आइ एम नॉट सॉरी, सुबह-सुबह आपसे टकराए हैं, पूरे दिन

हसीनों के दर्शन होंगे।'' संजय ने मजाक किया। रात की बेचैनी, अनिद्रा का कोई निशान उसके चेहरे पर नहीं था। एकदम तरोताजा लग रहा था, लगता है सुबह-सुबह नहा-धोकर शेव कर लिया है जनाब ने। नमिता किचन की ओर गई यह देखने कि इडली का मिक्स्चर पूरी तरह फूला है अथवा नहीं। रात को हलका सा हॉटकेस चलाकर उसमें रख दिया था। नैनीताल की सर्दी में वैसे तो फूलता नहीं। जब हॉटकेस से इडली का मिक्स्चर निकाल रही थी तो देखा संजय किचन में आ रहा है। बोला—

''गजब है, क्या तरकीब निकाली है! भई, लड़कियों की बुद्धि का जवाब नहीं।''

''नैनीताल जैसी सर्दी में ये सारी तरकीबें सीखनी ही पड़ती हैं, वरना इडली कैसे खा पाएँगे।'' नमिता भी सहज हो गई।

''क्या मैं देख सकता हूँ कि आप अपनी फेमस डिश कैसे बनाएँगी ?'' संजय ने इजाजत माँगी।

''ओह श्योर, पर क्या आपको खाना बनाने का शौक है ?'' नमिता ने पूछा।

''भई, सब तो लकी होते नहीं, अगर अच्छी इडली बनानेवाली नहीं मिली तो खुद ही बनानी पड़ेगी न!'' संजय उसे छेड़ते हुए बोला।

नमिता के गाल शर्म से लाल हो गए, तभी आंटी किचन में आईं। बोलीं, ''नमिता बेटी, तुम इडली स्टैंड में इडलियाँ चढ़ाकर चटनी का मसाला बना दो, मैं मिक्सी में पीस दूँगी और जाकर तैयार हो जाओ।''

नमिता को मानो छुट्टी मिली। जल्दी-जल्दी में पता नहीं कैसे उसने अपनी उँगली काट ली। खून की धार बह निकली। उसने उँगली तो दबा ली, परंतु खून देखते ही उसे बेहोशी छाने लगी। खून नहीं देख सकती थी वह। तभी संजय ने आगे बढ़कर उसे सँभाल लिया। आंटी ने उसके मुँह पर ठंडा पानी छिड़का। नमिता होश में आई तो पाया कि संजय ने बेशर्मी से उसे पकड़ा हुआ था। उसने छुड़ाने की कोशिश की तो पकड़ और मजबूत हो गई और फिर उसे संजय के साथ कमरे तक जाना ही पड़ा।

संजय ने उसे पलंग पर मानो जबरदस्ती लिटा दिया। रेणु बाथरूम में थी। आंटीजी डॉक्टर को फोन करने अंकल के कमरे में चली गईं। नमिता ने रूखे शब्दों में कहा, ''अब मैं ठीक हूँ। मुझे छोड़ दीजिए।'' उसने देखा कि संजय के होंठ थरथरा रहे हैं, मानो अभी चूम लेगा; पर तभी रेणु बाथरूम से निकली। वह नमिता के गाउन पर खून देखकर घबरा गई। झट से ड्रायर से बैंडेज और दवाई निकाली। हाथ पकड़कर दवा लगाई और बैंडेज बाँधी। संजय ने अब भी नमिता की पिंडलियों पर हाथ रखा हुआ था। नमिता झटके से उठ खड़ी हुई। आंटी ने बताया कि डॉक्टर आनेवाले हैं। थोड़ी देर में डॉक्टर साहब आ गए। उन्होंने टिटनस का इंजेक्शन लगा दिया और घाव पर मरहम-पट्टी कर दी।

अब दर्द तो नहीं था, परंतु नमिता का मन बड़ा खिन्न हो गया था। संजय तो वहाँ मानो जमकर बैठ गया। कुछ देर बाद नमिता को बड़ा अजीब सा महसूस होने लगा, बजाय इसके कि उसके मन में संजय के लिए रूमानी भाव आते, उसे वह खल रहा था, उसकी आँखों का भाव तनिक भी न भा रहा था। वह बोली—

''चलें, तैयार हो लें, सब लोग आते ही होंगे। जरा सा कटने पर ख्वाहमख्वाह ही इतना हंगामा हो गया।''

''इसे आप जरा सा कट कहती हैं, सचमुच आपका जवाब नहीं।'' संजय ने कहा।

''सच्ची नमिता, मैं तो बहुत घबरा गई थी। भगवान् का शुक्र है कि सबकुछ ठीक है। चल, तू तैयार हो, मैं किचन मैं देखती हूँ।'' रेणु बोली। वह संजय व नमिता को थोड़ा समय देना चाहती थी। फिर जाते-जाते बोली, ''संजय भैया, तुम भी चलो न वहाँ, पिकनिक पर बड़ा मजा आएगा।''

''अरे नहीं भाई, मैं तो रेस्ट करने आया हूँ। मैं कहीं नहीं जाऊँगा। मेरे खयाल से तो नमिताजी को भी नहीं जाना चाहिए।'' संजय ने अपनी राय जाहिर की।

"मैं तो जरूर जाऊँगी, इतने दिन बाद तो मिली हैं हम सब सहेलियाँ!" नमिता उठकर बाथरूम जाने लगी, फिर अचानक उसे रात की घटना याद आई कि संजय जागकर दनादन सिगरेट पी रहा था। उसने यूँ ही पूछा, "रात को तो आप जमकर सोए होंगे, अब क्या दिन में भी आराम ही करेंगे?"

"हाँ, रात को जो ग्यारह बजे नींद लगी, जाकर सुबह छह बजे ही उठ पाया।" संजय ने साफ झूठ बोला।

नमिता पुनः चौंकी, अगर यह रात को नहीं सो पाता तो इसमें छिपाने की क्या बात है। उसका जासूसी दिमाग तेजी से चलने लगा। जब वह नहाने गई तो उसने पुनः चाबी के छेद से देखा संजय फिर कुछ बेचैन सा सिगरेट पिए जा रहा था। नमिता नहा-धोकर पैंट-जींस पहनकर तैयार हो गई। रसोई में पिकनिक का सामान लगाने लगी, फिर यूँ ही सामान्य होकर पूछा, "रेणु, ये संजय पहले भी आता था तुम्हारे यहाँ?"

संजय में नमिता की दिलचस्पी देखकर रेणु बड़ी खुश हुई, बोली, "अरे नहीं, वैसे तो ये मेरा सेकंड कजिन है। इसके घर की स्थिति पहले काफी मामूली थी, परंतु जब से इसने बिजनेस शुरू किया है, तीन-चार साल में ही वारे-न्यारे हो रहे हैं। पता है, कानपुर में इन्होंने काफी अच्छा बँगला खरीद लिया है, दो-दो कारें हैं यानी कि बड़ी हैसियतवाले हो गए हैं।"

"तुम लोग कभी गए हो कानपुर में इनके यहाँ।" नमिता ने पूछा।

"पापा-मम्मी एक बार गए थे, बस दो-तीन घंटे रुके थे। बड़े अच्छे हैं इसके मम्मी-डैडी। दो बहनें हैं, जिनकी बिजनेस चलते ही शादी कर दी, यही एक लड़का है।" रेणु ने बताया।

"हुँह" कहकर नमिता अपने काम में लगी रही। लगता है, इतने प्रदर्शन के बाद दिया गया उपहार रेणु के दिमाग पर पूरी तरह से सवार है। थोड़ी देर में संजय भी तैयार होकर आ गया। डैडी और संजय नाश्ता करने लगे। सचमुच इडलियाँ बहुत मुलायम बनी थीं। इतने में राकेश भी आ

गया, बोला, ''सब लोग पहुँचनेवाले हैं, तुम लोग तैयार हो ना?''

''ओ यस, जरा सा चखो तो कैसी बनी हैं इडली और चटनी?'' नमिता ने राकेश को पेश की।

राकेश बहुत ही मजाकिया था। वह इडली खाकर ऐसे करने लगा जैसे अमृत पी लिया हो, बोला, ''अरे, जिन कोमल हाथों ने यह खाद्य सामग्री बनाई है, वे पूजा के योग्य हैं। इन्हें मुझे दे दो। मैं इन्हें जिंदगी भर पूजूँगा और इडलियाँ बनवा-बनवाकर खाऊँगा।''

सब लोग हँसने लगे, परंतु तभी सबने देखा कि संजय का मुँह गुस्से में लाल होने लगा है। उसने जोर से प्लेट में चम्मच पटकी और बोला, ''महाशय! सभ्य समाज में ऐसा मजाक करते आपको शर्म नहीं आती?''

राकेश का मुँह छोटा हो गया और सबके चेहरे फक पड़ गए। नमिता से रहा नहीं गया। वह बोली, ''मुझे तो खराब नहीं लगा, हम तो बचपन के साथी हैं और दूसरे बहुत आपत्तिजनक तो मुझे कुछ भी नहीं लगा।''

''अरे नमिता, तुम भोली हो। समझती नहीं हो, ऐसे ही जाल बिछाते हैं लंपट लोग।'' संजय अब भी उत्तेजित था।

''मि. संजय, मैं इतनी भोली नहीं हूँ जितना आप समझ रहे हैं, राकेश क्या, जिनके साथ आज हम पिकनिक पर जा रहे हैं सब एक-दूसरे को अच्छी तरह से जानते हैं, आप चिंता न करे।'' नमिता बोली।

तभी दूसरे मित्र भी आ गए, अचानक संजय फिर बोला, ''नमिता, मैं तुम्हें अब भी कहता हूँ, पिकनिक पर मत जाओ, न ही रेणु जाएगी।''

सब बड़े ही आश्चर्यचकित थे। ये महाशय कौन हैं, जो आदेश दे रहे हैं। ऐसी क्या बात हो गई! पापा बोले, ''बेटा, बात का बतंगड़ मत बनाओ, ये लोग मजे के मूड में हैं—लेट देम एन्जॉय।''

''ओ अंकल, तो क्या मैं इनका मूड बिगाड़ रहा हूँ। आप भी बस मुझे ही दोष दे रहे हैं?'' कहकर संजय बिफरकर अपने कमरे में चला गया।

''सब हक्के-बक्के थे, ऐसा न कभी देखा, न सुना। लगता है, जनाब का कोई पेच ढीला है।'' इस चुप्पी को तोड़ा नमिता की आवाज ने। वह बोली, ''चलो भई, चलते हैं। देरी क्यों की जाए?'' सबने सामान उठाया अपने रकसैक्स में डाला और चल पड़े। रेणु बड़ी शर्मिंदा थी। उसका ही तो रिश्तेदार था, कैसी बदमजगी कर डाली उसने। सब चुप-चुप से थे। सारा मजा किरकिरा होता नजर आ रहा था कि नमिता ने ही अपने साथ लाए छोटे से टू-इन-वन में रेडियो लगा दिया। उसमें गाना आ रहा था—'लोग कहें मुझे पगला कहीं का।' सब हँसने लगे, फिर तो खूब हँसी-मजाक होने लगा। रेणु भी सहज हो गई। शाम को वापस आते-आते साढ़े चार बज गए। घर पहुँचकर देखा, जनाब बाहर ही टहल रहे हैं। उसने देखते ही ऐसे अगवानी की जैसे सुबह कुछ हुआ ही न हो। फिर पूछने लगा, ''बड़ी देर लगा दी, मुझे तो चिंता होने लगी थी।''

''पिकनिक के हिसाब से तो जल्दी ही आ गए वापस।'' रेणु ने उड़ता सा जवाब दिया। नमिता सीधे अपने कमरे में गई। इतना चलने की आदत छूटने के कारण एड़ियाँ बहुत दुःख रही थीं उसकी। मम्मी ने जल्दी से चाय बनाई और नमिता के कमरे में ले आईं।

''अरे आंटी, आप कितनी अच्छी हैं!'' कहकर नमिता चाय लेने लगी कि संजय भी आ गया। बोला, ''मैं भी चाय लूँगा, आंटी।''

''हाँ-हाँ, सबके लिए बनाई है, जरा कप ले आऊँ।'' आंटी उठकर किचन में जाने लगीं। तब रेणु बाथरूम में थी।

संजय ने कहा, ''आंटी, प्लीज थोड़ी सी नमकीन और लाइएगा।''
''अच्छा बेटा!'' कहकर आंटी चली गईं।

अचानक संजय ने नमिता की जख्मी उँगली हाथ में ली और पूछा, ''अब तो दर्द नहीं है न!''

''नौ थैंक्स।'' कहकर नमिता उठने लगी कि संजय ने उसे बैठा लिया। बोला, ''प्लीज, मेरी बातों का बुरा मत मानना। कल जब से मैंने तुम्हें देखा है, उन्माद सा छाया है। मैं तुम्हारे बिना जी नहीं सकता।''

''परंतु, मैं आपके बगैर अच्छी तरह से जी सकती हूँ, मुझे जाने दीजिए।'' नमिता पुन: उठने लगी।

''अगर आपने 'हाँ' नहीं कि तो मैं आपको मारकर खुद भी जहर खा लूँगा।'' संजय के चेहरे पर अजीब सा भाव उभर आया।

''पागल हो क्या तुम? ये कैसी बातें कर रहे हो?'' आंटी ने शायद आखिरी शब्द सुन लिया था।

''चाहे इसे आप पागलपन कहें या कुछ भी, मैंने जिंदगी में जो चाहा उसे किसी भी तरह से हासिल किया है। भला-बुरा मैं नहीं जानता, जो भी मेरे रास्ते में आएगा, उसको मैं खत्म कर दूँगा।'' कहकर संजय ने जेब से रिवॉल्वर निकाल लिया।

आंटी और नमिता हक्की-बक्की रह गईं। चिल्लाएँ तो ये पागल गोली ही न चला दे। रेणु बाथरूम से सब सुन रही थी, वह समझ गई कि भारी गड़बड़ है। वह चुपचाप बाथरूम के दूसरी ओर से संजय के कमरे में आई। पापा अपने कमरे में सो रहे थे। उन्हें उठाया; वे दोनों दबे पाँव पीछे से आए और संजय को पापा ने दबोच लिया। फिर तो नमिता और रेणु ने भी उसके हाथ-पाँव बाँध दिए। वह एकदम भीगी बिल्ली बन गया। कहने लगा, ''अरे, मैं तो मजाक कर रहा था। आप लोग तो कमाल करते हैं, अंकल-आंटी प्लीज छोड़ दो मुझे।''

''हाँ बरखुरदार, भरा रिवॉल्वर लेकर तुम मजाक कर रहे थे। सुबह ही मुझे भान हो गया था कि तुम मानसिक रूप से स्वस्थ प्राणी नहीं हो, अब तो तुमने सिद्ध भी कर दिया।'' पापा हाँफ रहे थे।

उन्होंने अपने एक पुलिस मित्र के अतिरिक्त उपाधीक्षक शर्माजी को फोन किया और अनुरोध किया कि बिना पुलिस काररवाई किए इसे वे यहाँ से रवाना करा दें। वे एक इंस्पेक्टर के साथ आए। पुलिस को देखते ही जनाब संजय बिलकुल ठंडे पड़ गए। पुलिस ने उसका रिवॉल्वर अपने कब्जे में ले लिया और उसे एक सिपाही के साथ बस में बिठाकर आदेश दिया कि वह कभी यहाँ नजर भी न आए।

शर्माजी ने बताया कि रिवॉल्वर तो लाइसेंसशुदा है, परंतु वे कानपुर के एस.पी. साहब से उसको खारिज करने की तजवीज करेंगे।

अगले दिन शर्माजी का फोन आया, बोले, ''मैंने कानपुर के एस.पी. साहब से बात की तो उन्होंने बताया कि इसी कदकाठी का युवक एक युवती की हत्या करके फरार है और गोली भी इसी रिवॉल्वर के नंबर की है। वह अपने बिजनेस की बढ़ोतरी के लिए लड़कियों को फँसाकर उनका इस्तेमाल करता था।''

तभी तो वह अनिंद्य सुंदरी नमिता को किसी भी कीमत पर हथियाना चाहता था, बदमाश। मम्मी बोलीं, ''इसीलिए बिना अटैची के अचानक पहुँच गया था।''

रेणु ने राहत की साँस ली। भगवान् का शुक्र है वरना वह तो अपनी जान से भी प्यारी सखी को इस हत्यारे के साथ बाँधने की कल्पना कर रही थी। वह बहुत भावुक हो गई। माफी माँगते हुए नमिता से बोली, ''मैं भी कैसी नादान हूँ, तेरे से संबंध जोड़ने के लिए मैं इस हत्यारे को माध्यम बना रही थी।''

नमिता ने अपनी सखी का हाथ पकड़ा और बोली, ''पगली, जो अपनत्व हमारे बीच कायम है, वह क्या रिश्ते से बढ़कर नहीं है। जरूरी नहीं कि हम रिश्तेदार ही हों, दोस्ती एक ऐसा मधुर संबंध है जो खून के रिश्तों से कहीं गहरा है। चलो, इसे दुःस्वप्न की भाँति भूलकर गरमागरम चाय पिएँ।''

''कहाँ खून का रिश्ता कहाँ चाय!'' सब लोग खिलखिलाकर हँस पड़े। सारी धुंध तुरंत छँट गई।

□

गठरी

बाबू चंदनदास खत्री शहर के धनी परिवारों में से एक थे। पुश्तैनी जायदाद व चीनी की मिलें उन्हें उत्तराधिकार में मिली थीं। पूरे शहर के शौकीन-तबीयतदार लोगों में उनकी गिनती थी। देश अब आजाद हानेवाला ही था, सो वे अब पक्के कांग्रेसी दिखाई देने लगे थे। हालाँकि अंग्रेजों के शासनकाल में उन्होंने उनकी चापलूसी करके अपने व्यापार व जमींदारी को काफी बढ़ा लिया था। खैर, जो तबीयत चंदनदासजी की थी, उससे कहीं ज्यादा शौकीन-तबीयत उनके बेटे जुगल किशोर की थी। एक तो शादी के काफी दिनों के बाद उनका जन्म हुआ, दूसरे उनका छोटा भाई शिवराज दस वर्ष छोटा था। अत: दोनों लड़के अपने माँ-बाप की आँखों के तारे थे और किसी हद तक बिगड़े रईस भी। जुगल किशोर की उम्र बीस वर्ष की हो चली थी। उनके लिए पता नहीं कितनी लड़कियाँ उनकी माताजी ने देखीं, परंतु जुगल की जिद थी कि वे भी लड़की देखकर अपनी पसंद से शादी करेंगे। कहीं बात नहीं बनती। एक-दो आधुनिक विचारों के लोगों ने अपनी लड़की दिखा भी दी। पर वे उन्हें पसंद नहीं आईं। आखिरकार, जब सब हार मान बैठ गए तब जुगल ने आकर घोषणा की कि उन्होंने अपने पसंद की लड़की आज घोड़ागाड़ी में जाते हुए देखी। कार से पीछा करके उन्होंने उसका पता आदि नोट कर लिया है। सारे घर में कोहराम मच गया। बाल विधवा बन्नी बूआ, मझली चाची, सब सिर जुड़ाकर खुस-फुस करने

लगीं—पता नहीं कौन है, कैसे खानदान से है, क्या जात-पाँत है। हुँ, ऐसी बात तो कभी सुनी नहीं, अब इस घर में ये तमाशे होंगे। खैर, लदर-फदर नाई बुलवाया गया। नाई ने पता लगाकर बताया कि लड़की अनन्य सुंदरी है, दसवीं में पढ़ रही है। तीन छोटे भाई हैं और बाप मिडिल स्कूल में मास्टर है। हाँ, जात के खत्री ही हैं। सुनकर सबने नाक-भौंह सिकोड़ी, खानदान टक्कर का नहीं है, बल्कि कंगाल ही होंगे। मास्टरों को मिलता ही क्या है। जुगल को समझाने की कोशिश की गई, परंतु वे तो अन्न-जल त्यागने पर उतारू हो गए। खैर जात-पाँत एक ही थी, सो चंदनदासजी राजी हो गए। मास्टरजी को तो जैसे आसमान मिल गया, उनकी एकमात्र कन्या इतने धनी परिवार और असरदार परिवार में जा रही है, उन्हें एकबारगी तो विश्वास ही न आया। खैर, मास्टरजी ने पूरे जोश-खरोश के साथ शादी की तैयारी की। दहेज का तो प्रश्न ही नहीं उठता था। बस बरात की खातिरदारी ठीक प्रकार से हो जाए, सो कसर न रहे बस। पर कहाँ राजा भोज कहाँ बेचारा गंगू तेली। चढ़ी नाकों के बीच सरोज ने ससुराल में कदम रखा। सारा मुहल्ला उमड़ पड़ा कि देखें क्या जादू है लड़की में। जुगल खुद बेताब थे कि बस एक झलक मिल जाए, पर भीड़ का कुछ ठिकाना ही न था, जिसको देखो, बहू को देखने आ रहा है, उसकी पसंद की दाद भी दी कई औरतों ने। जब रहा न गया तब उन्होंने शीबू को दस रुपए का लालच देकर भाभी का घूँघट उठाकर दिखाने के लिए राजी किया। शीबू फौरन भाभी के पास गया और जैसे ही घूँघट उठाया सकपका-सा गया। इतनी सुंदरता की तो कल्पना ही नहीं की जा सकती। उधर, जुगल मियाँ सरोज का सौंदर्य देखकर सकते से में थे कि पीछे से पिता की गरज सुनकर ऊपर भाग निकले। शीबू ने जो भाभी का घूँघट उठाया तो दस रुपए भूलकर उनसे ही लगकर बैठ गया। फिर तो देवर-भाभी मानो एक हो गए। इतने बड़े अपरिचित अकड़ू से घर में इस नन्हे देवर को पाकर सरोज को सहारा मिल गया। प्यारे देवर को पढ़ाना, उसके बाल बनाना, खाना खिलाना सब उसे बड़ा भला लगता। दोनों देवर-भाभी आपस में मगन रहते। बस जुगल भैया बहुत बोर करते थे

शीबू को, आते ही घर में उससे भाभी को छीन लेते। खैर, दस साल बीत गए। दो बच्चों की माँ बनने पर भी सरोज का सौंदर्य कम न हुआ, बल्कि वह और भी खिली-खिली लगने लगी। हाँ, जुगल किशोरजी का मन भर गया था, अब वे सुरा-सुंदरी में मगन रहने लगे थे। शीबू अब जवान हो गया। उसकी बस दिली तमन्ना थी कि उसकी बीवी भी भाभी जैसी सुंदर हो। घर में फिर वही सिलसिला चल पड़ा। माँ, बूआ जो भी लड़की देखतीं, शीबू को पसंद न आती। अब तो माँ का माथा ठनका, लगा कि जैसे पहली बार बहू रूखी-सूखी खाली हाथ आई थी, कहीं फिर से तो ऐसा न होगा! इससे पहले कि लड़का किसी रास्ते जाती को पसंद करे, उसका ब्याह हो जाना चाहिए। भगवान् की ऐसी मरजी हुई कि नाई उसी दिन एक बड़ा ही जबरदस्त रिश्ता लेकर आया। लड़की के पिता कपड़े की मिलों के मालिक हैं। खूब दान-दहेज देंगे, यहाँ तक कि गाड़ी भी आएगी। जब इतने धनी परिवार की लड़की है तो सुंदर भी अवश्य होगी। यह सोचकर शीबू को मनाया जाने लगा, पर शीबू को विश्वास नहीं हुआ। चूँकि लड़कीवाले धनी थे, इसलिए लड़के को लड़की दिखाने की बात भी कैसे की जाए। अत: यह तय हुआ कि माँ और बूआ लड़की देखने जाएँगी। शीबू ने एक शर्त रखी कि अगर भाभी को लड़की पसंद आ जाएगी, तो वह शादी कर लेगा। जब सरोज भाभी देखने जाने लगी, तो शीबू ने उन्हें कसम दिलाई कि वह लड़की का सही-सही विवरण देंगी। खैर, लड़की देखी तीनों महिलाओं ने। नाम था 'लक्ष्मी', रंग साफ था, आँखें भी सुंदर थीं; परंतु नाक और होंठों के बारे में कुछ भी कहना व्यर्थ। होंठ दाँतों की ऊँचाई व ऊबड़-खाबड़ प्रकृति से त्रस्त बंद ही नहीं हो पाते थे। माँ व बूआ ने फौरन 'हाँ' कर दी और गाड़ी में आते वक्त बहू को सावधान किया कि अगर उसने लड़की के बारे में कुछ भी उलटा-सीधा कहा तो उसे उसके मायके पहुँचाकर कभी भी विदा कराकर न लाएँगे, इतना समझ ले वो। इस बार ऐसी कंगाल बहू नहीं चाहिए उन्हें। घर पहुँचते ही माँ व बूआ ने शीबू को सुनाकर कहा, ''अरी बहू, लड़की की आँखें बड़ी सुंदर हैं क्यों?''

सरोज क्या कहती, उसने कहा, ''हाँ माँजी, आँखें बड़ी-बड़ी और सुंदर हैं।''

''और बहू रंग भी बड़ा साफ है दूध जैसा।''

''हाँ माँजी, खूब गोरी-चिट्टी है।'' बस, भाभी का सिग्नल पाकर देवर ने 'हाँ' कर दी। सरोज का दिल हाहाकार कर रहा था। जिस प्यारे देवर को उसने बेटे की तरह प्यार किया, उसके साथ इतना बड़ा छल! पर घर में तो मानो बहार आ गई। बड़े ही अरमानों से तैयारियाँ शुरू हो गईं। पिछली शादी में सबके मन बुझे से थे, परंतु अब कोई कसर न छोड़ना चाहते थे। सरोज के बेटे बेटू और प्रिया ने भी स्कूल की छुट्टी की। खूब धूमधाम से शीबू की शादी हुई। बहुत चाहकर भी वह ब्याह के दौरान लक्ष्मी को न देख पाया। नई बहू दनदनाती कार में ससुराल आई, उसके लाए दहेज से घर भर गया, सामान रखने की जगह न रही। साथ, जेठानी के लिए बनारसी साड़ी व जड़ाऊ हार, जेठ के लिए रॉ-सिल्क का सूट व अँगूठी और न जाने क्या-क्या! सब देख सास-ससुर की आँखें जुड़ा गईं। पर शीबू की आँखें तो देखने को तरस रही थीं वह गठरी, जो कमरे में औरतों की बेतहाशा भीड़-भाड़ में बैठी थी। चारों ओर उसके लाए दहेज की चर्चा थी। किसी ने भी उसके रूप और गुण का बखान नहीं किया। आखिर शीबू ने भतीजे बेटू को पचास रुपए का लालच देकर चाची का घूँघट उठाने को कहा। खुद दरवाजे की झिर्री से देखने लगा। वही पंद्रह साल पहले वाला दृश्य उसे याद आ गया, जब उसने अपनी मनमोहिनी भाभी को देखा था। पर हाय, ये क्या, बेटू ने जिस गठरी का घूँघट उठाया वह इस समय किसी चुड़ैल से कम नहीं लग रही थी। बाबुल के घर से बिछुड़ने के दुःख में रोई आँखों का काजल फैलकर चेहरे के एकमात्र सौंदर्य का सर्वनाश कर रहा था। नाक आगे से मुड़ी-सी और ऊबड़-खाबड़ दाँत। बेटू को देखकर मुसकराई तो लगा डरा रही है। अचानक बेटू डरकर बाहर भाग आया। उधर, शीबू को लगा दुनिया जहाँ-की-तहाँ रुक गई, बदन में काटो तो खून नहीं। ससुराल से मिली सोने की भारी चेन और हीरे की अँगूठी उसने उतारकर फेंक दी और ऊपरवाले

कमरे में मुँह ढाँपकर पड़ा रहा। क्रोध व लाचारी से उसका बदन काँपने लगा, तभी किसी रस्म के लिए सरोज भाभी उसे बुलाने आईं, तो शीबू ज्वालामुखी की तरह फट पड़ा—''भाभी, मुझे आज पता चला कि आपको मेरी खुशी नहीं, बल्कि मेरी जिंदगी से ज्यादा तुम्हें ये जड़ाऊ, भारी-भारी कंगन चाहिए थे, हार चाहिए था। अरे, मुझसे माँग लेतीं, पर बताओ, मेरी कसम खाकर भी तुमने झूठ क्यों बोला?'' सरोज चुपचाप आँसू बहाती रही, क्या कहती सास-ननद की धमकी, गरीब घर की लड़की होने की लाचारी अपने देवर को कैसे समझाए। और उसने झूठ कहाँ बोला था। लक्ष्मी का रंग खूब साफ है, आँखें भी तो बहुत सुंदर हैं। हे मेरे भगवान्! मैंने अपने प्यारे देवर की कसम लेकर झूठ नहीं बोला, उसका अहित मत करना, उसे सदा सुखी रखना।

शीबू की बातें उड़कर लक्ष्मी के कानों में भी पहुँचीं। उसका दिल बुरी तरह से धड़कने लगा, क्या करे? इस अजनबी घर में उसका अपना कौन होगा? इतने में तेजी से सरोज उसके कमरे में दाखिल हुई। बोली, ''बहना, मैं मानती हूँ, मुझसे यह पाप हुआ है, मुझे तेरी और शीबू की जिंदगी से खेलने का कोई अधिकार नहीं था; पर क्या करूँ, मैं भी स्वार्थ में अंधी हो गई थी। पर यह बता दूँ, मैं तो बहना, गरीब घर की थी, इसलिए जैसा चलाया वैसे चली; लेकिन तुझे मेरी यही सीख है कि लकड़ी अगर ज्यादा मोड़ो तो टूट जाती है। तेरी भाभी तो टूट गई, पर तू न टूटना। चल, बड़ी गरमी हो रही है, नहा-धोकर तरोताजा हो जा।'' लक्ष्मी के दिमाग में सारी बात साफ हो गई। वह नहाने चली गई।

उस रात एक बजे तक शीबू घर नहीं आया, हालाँकि सभी चिंतित थे; पर लक्ष्मी ने बड़े शांत मन से अपने जेवर आदि उतारे, हलकी सी चेन, कान में हीरे के टॉप्स और सादी सी साड़ी पहनकर पलंग पर पड़े फूलों को एक-एक करके चुना और उन्हें पास ही मेज पर रखकर आँखें बंद करके लेट गई। उसे अपने घर की याद सताने लगी। घर पर गुरुजी उसे व उसके भाई दीपक को पढ़ाने आते थे। दीपक तो अब स्कूल जाने लगा था। लक्ष्मी ने

दसवीं पास करके घर के कुछ जरूरी, कार्य सिलाई-कढ़ाई आदि सीखे थे। गुरुजी की शिक्षा-दीक्षा में लक्ष्मी, जो कि पहले ही बड़ी विदुषी थी, और निखर गई थी। बड़े घरों की लड़की में जो गुण होने चाहिए, वे सारे थे उसमें। शांत-सौम्य प्रकृति की थी वैसे भी। हालाँकि उसे इस दिखावेवाली शादी एवं धूम-धड़ाके से बहुत चिढ़ थी, फिर भी पिता व समाज में जो रीति चली आई है उसको तोड़ने का साहस अब तक नहीं जुटा पाई थी। अगर उसे शादी से पहले पता चल जाता कि शीबू को वह पसंद नहीं आएगी, तो वह जरूर कोई साहसिक कदम उठाती। अब तो शादी के बंधन में बँध गई है, इसलिए अपना रास्ता उसे स्वयं खोजना होगा। थकी हुई तो थी ही वह, सो निद्रादेवी ने उसकी आँखों में डोरे डाले और वह सो गई।

सुबह अचानक घर में अजब सी आवाजें सुनकर उसकी नींद खुली। देखा, बाहर बरामदे में उसके पतिदेव बिगड़ैल जानवर की तरह बैठे हैं और पिताजी कड़क, परंतु धीमी आवाज में उससे कुछ कह रहे हैं। औरतें सिर झुकाए एक ओर खड़ी हैं। शीबू झटके से उठा और उसके कमरे की ओर बढ़ा, लक्ष्मी तेजी से बाथरूम में घुस गई और हाथ-मुँह धोने लगी। जब वह बाहर निकली तो देखा, शीबू गहरी नींद में खर्राटे ले रहा है। हालाँकि शीबू बहुत सुंदर गबरू नौजवान था, फिर भी लक्ष्मी को उसकी मुखाकृति देखकर तनिक भी प्यार न आया, बल्कि वितृष्णा सी भर गई उसके मन में। उसने सर ढका और बाहर बरामदे में पिताजी-माताजी व बुआजी के पाँव छुए। सीधी रसोई में सरोज के पाँव छूकर काम में जेठानी का हाथ बँटाने लगी। सरोज उससे नजरें नहीं मिला पा रही थी, आँखें रो-रोकर सूजी हुई थीं। लक्ष्मी को अपनी जेठानी एक प्यारे बच्चे के समान लगने लगी। इतना सौंदर्य और उसपर भी पति की उपेक्षा, ससुराल के ताने। घर से भैया व चाचा भी आते होंगे पैर फिरवाने, अतः पुनः अपने कमरे में जाकर वह तैयार हो गई। इतने में दीपक व चाचा भी आ गए, फिर से ढेर सारी टोकरे भर-भर मिठाइयाँ, ससुरालवालों के लिए तोहफे और न जाने क्या-क्या। बूआ आकर उसकी बलइया लेने लगीं, बड़े जोश से शीबू को उठाया, फटाफट

हाथ-मुँह धोकर साले व चचिया ससुर की अगवानी को बुलाया और झटपट बाहर हो ली। शीबू बड़बडाता सा उठा और लक्ष्मी की ओर नजर डाले बगैर हाथ-मुँह धोकर बाहर निकल गया। खैर, लक्ष्मी मायके पहुँची। वहाँ पर किसी से कुछ भी नहीं कहा, माँ से भी नहीं—उसे अकेले ही लड़ना होगा, यह उसकी दृढ़ प्रतिज्ञा थी। हाँ, गुरुजी जब मिलने आए तो धीरे से उसने अपने पढ़ने की इच्छा जाहिर की। पूरा परिवार चौंक गया, ये क्या बात···! शादी के बाद अपना घरबार, बच्चे सँभाले, ये पढ़ने का क्या तुक है। परंतु गुरुजी ताड़ गए, सो उन्होंने उससे अपने ससुरालवालों की सम्मति लेने को कहा और आगे वे सब सँभाल लेंगे, ऐसा आश्वासन दिया।

ससुराल पहुँचकर लक्ष्मी ने अपनी इच्छा जेठानी सरोज को बताई; परंतु सरोज बेचारी तो गूँगी थी, अतः जब शीबू इत्र आदि लगाकर बाहर जाने की तैयारी कर रहे थे तब लक्ष्मी ने कहा कि वह आगे पढ़ना चहती है। शीबू ने पलटकर जवाब दिया, ''हाँ, बहुत बड़ी अफसर बनेगी न पढ़कर, शीशे में मुँह देखा है अपना।'' लक्ष्मी के तन-बदन में आग लग गई। उसने भी कहा, '' हाँ, देखा है तभी तो पढ़ना चाहती हूँ। मैं आपसे कुछ नहीं चाहती, बस अपना मन लगाने के लिए पढ़ूँगी।'' शीबू बिना कोई जवाब दिए चला गया।

बात ससुरजी तक पहुँची। शीबू के व्यवहार से सभी क्षुब्ध थे, सो लक्ष्मी को पढ़ने की इजाजत मिल गई। पास के ही कॉलेज में लक्ष्मी अपनी कार में पढ़ने जाने लगी। कॉलेज में लक्ष्मी के गुणों की चर्चा होने लगी, घर में भी उसने किसी को शिकायत का मौका नहीं दिया। सिर पर से आँचल न घर में, न कॉलेज में, कहीं भी न उतरता था। खाली समय में चादरें, तकिए और न जाने क्या-क्या कढ़ाई करके रख दिए। सरोज भी उसके साथ बैठती, दोनों जेठानी-देवरानी कई चर्चाएँ करतीं, बेटू और प्रिया भी घर पर चाची से ही पढ़ते। उस अनपढ़ से गँवार घर में सलीकेदार बातें होने लगीं, आजादी की लड़ाई के चर्चे होने लगे। बाबू चंदनदासजी, जो केवल कपड़ों से कांग्रेसी लगते थे, अब अपने घर में बैठकें-बातें करने

लगे। बच्चों ने अपनी वानर सेना बना ली। संदेश इधर-से-उधर भेजे जाने लगे। बस बेखबर थे तो दोनों भाई, जो सुरा-सुंदरी में ही अपना जीवन सार्थक करने में लगे थे। घर में इतनी व्यस्तता सी हो गई कि इनकी ओर किसी का ध्यान भी न जाता। लक्ष्मी और सरोज किसी भी क्षण भारत के आजाद होने की घोषणा का इंतजार करने लगीं। रेडियो की ओर कान लगे रहते, जवाहरलाल और गांधीजी के भाषण सुनकर उनके रोंगटे खड़े हो जाते। तभी एक दिन रात को शीबू नशे में धुत होकर घर में घुसा और बीच आँगन में ही लड़खड़ाकर गिर पड़ा। अब तक तो आँखों की शर्म बाकी थी, वह भी नहीं रही। जब नौकर उठाने पहुँचा तो बाबूजी ने शीबू को घर से बाहर निकाल देने को कहा। नौकर असमंजस में पड़ा उनका मुँह देखने लगा और शीबू को अपना नशा उतरता मालूम पड़ा। तब बाबूजी बोले, "मैं भी बड़ा अभागा पिता हूँ। तुम जैसे नालायक बेटों के बजाय मुझे लक्ष्मी व सरोज जैसी बेटियाँ मिली होतीं तो मैं भी जमाने के सामने अपनी गरदन ऊँची करके चलता। अरे नासमझ, तू लक्ष्मी को बदसूरत कहता है, तू है बदसूरत, लक्ष्मी तो हमारे घर में जागृति लाई है, अगर कुछ शरम बाकी है तो अब भी जाग जा, वरना जो बाप की कमाई पर ऐश व ऐयाशी कर रहा है, न वह कमाई रहेगी, न तेरी ऐयाशी।"

कुछ चमत्कार ही हुआ कि शीबू बाबूजी के पाँवों पर गिर पड़ा। वह भी अपने निरर्थक जीवन से परेशान हो चुका था। बाबूजी ने उठाया और उसके कमरे के बाहर छोड़ दिया। लक्ष्मी सकपकाकर उठी और सिर झुकाकर खड़ी हो गई। शीबू को आज लक्ष्मी बहुत अच्छी लग रही थी, उसने लक्ष्मी का हाथ थामा और अपनी हालत के लिए माफी माँगी। लक्ष्मी की आँख से बहती आँसुओं की धार मानो शीबू को क्षमादान दे रही थी। तभी आधी रात को खूब पटाखे छूटने की आवाजें आने लगीं। भारतवासी आजाद हो गए थे और मानो अपनी आजादी के जश्न के साथ वे लक्ष्मी के गुणों की जीत का जश्न मना रहे थे।

□

नगाड़े

''हद हो गई भैया! तुम हमेशा देरी कराते हो, अगर ये ट्रेन छूट गई तो इंटरव्यू दिए बिना ही रिजेक्ट हो जाऊँगी।'' रीमा को लगा कि बस आज तो ट्रेन छूट ही जाएगी।

''अरे, क्या करेगी ये इंटरव्यू वगैरह देकर! मेरी बात मान, अच्छी लड़कियों की तरह एक फाइनेंसर ढूँढ़ ले और मौज करना।'' रितेश अपने स्वभावानुसार संजीदगी से बोला।

''खबरदार भैया! जो शादी की बात की तो? खुद का मन करता है न, इसलिए मुझे रास्ते से हटाना चाहते हो।'' रीमा ने नकली गुस्सा जताया।

''सच रीमा, तू मेरी प्यारी बहना, तूने आखिर मेरे मन की बात पढ़ ही ली। चल, अब भी वापस हो चलें। मम्मी को पटाकर इस घर में दामाद और बहू दोनों की 'ग्रैंड एंट्री' का इंतजाम करें।'' रितेश बिना हँसे बोला।

''हूँ, ठेंगा देखा है न ये, मुँह धो रखो, मैं कोई जल्दी में नहीं हूँ।'' रीमा ने अँगूठा दिखाया।

इस तरह से नोक-झोंक चलती रहती दोनों भाई-बहनों में। इस समय दोनों नैनीताल से काठगोदाम जा रहे थे। अगले दिन रीमा का दिल्ली में इंटरव्यू था। ऐन चलते वक्त रितेश के हजारों काम निकल आते और

हमेशा भागते-दौड़ते गाड़ी पकड़ते। आज भी ट्रेन में चढ़ ही गए किसी तरह। ड्राइवर ने खाने का डिब्बा और बैग पकड़ाया। दोनों हाँफते-हाँफते अपने कूपे में पहुँचकर बैठ गए।

''चलो, शुक्र है गाड़ी पकड़ तो ली, नहीं तो आज पापा सारी रात उठक-बैठक करवाते।'' रीमा ने चैन की साँस ली।

''अरे भई, उठक-बैठक लगवाने से अगर गाड़ी पर सही समय से पहुँच सकते हो तो मैं सारी रात क्या, सारा दिन भी उठक-बैठक लगा लूँ।'' रितेश का वही अंदाज था।

रितेश यूँ तो बड़ा गंभीर लगता था, परंतु बड़े मजाकिया स्वभाव का था। उसकी बातें सुनकर रीमा लोट-पोट होती रहती। रितेश के गंभीर चेहरे को देखकर कोई भी अनजान व्यक्ति धोखा खा जाता।

सामने की बर्थ पर एक अधेड़ उम्र के सज्जन बड़े मनोयोग से खाना खा रहे थे। सामने आलू के पराँठे, अचार, सूखी मटर और सलाद था। छोटी-छोटी मूँछें मुँह के साथ बड़ी लय के साथ हिल रही थीं। बीच की खोपड़ी पर बाल शायद उगने से इनकार कर रहे थे। वजह चुपचाप रितेश ने जाहिर की कि कहीं रपट न पड़ें इसलिए नहीं उग रहे होंगे। रीमा ने आँखें निकालकर चुप रहने को कहा। तभी उन सज्जन का खाना खत्म हुआ। उन्होंने बड़े सलीके से बचा खाना अपने डिब्बे में रखा और बैग में रखकर उसमें से दो सेब और संतरे निकालकर बीच में टेबल पर रख दिए। बैग नीचे रखकर उन्होंने एक जम्हाई ली, कपड़े बिछाए और दोनों की तरफ देखकर हलके से मुसकराते हुए बोले, ''सोया जाए'' और करवट बदलकर सो गए। रीमा और रितेश ने भी शीघ्रता से अपना खाना निबटाया और अपना-अपना बिस्तर बिछाने लगे। रीमा नीचे की सीट पर और रितेश ऊपरवाली पर। अचानक दोनों को लगा कि कहीं से घों-घों, घरड़-घरड़ की आवाजें आ रही हैं। दोनों ने चौंककर एक-दूसरे को देखा तो पाया कि ये विचित्र आवाजें उस सामनेवाली बर्थ के प्राणी की नाक से निकल रही हैं। ज्यों-ज्यों उन सज्जन की नींद

गहरी होती गई त्यों-त्यों आवाज और बुलंद होती गई। रितेश लपककर नीचे उतरा, जाकर सारे कूपे को देख आया, सब सीटें भरी हुई थीं।

''हे भगवान! क्या सारी रात इस नगाड़े के साथ बितानी पड़ेगी।'' रितेश ने माथे पर हाथ मारा।

''अब क्या करें भैया, हम तो रुई भी साथ लेकर नहीं चले।'' समझ में नहीं आ रहा कि किया क्या जाए।

दोनों की आँखों में भारी नींद थी, परंतु इतने जबरदस्त धूम-धड़ाके में सोना असंभव था।

''चलो, इसके सेब-संतरे ही खा लेते हैं। सुबह को कह देंगे कि जैसे आपको रात में खर्राटे लेने की आदत है वैसे ही हमें रात में सोते-सोते फल खाने की आदत है।'' कहकर रितेश ने फलों की ओर हाथ बढ़ाया। रीमा ने बीच में ही हाथ रोक दिया, बोली, ''अरे, सचमुच ही न खा लेना!''

दोनों बहन-भाई रात भर करवटें बदलते रहे। सुबह जब धूम-धड़ाका शांत हुआ तो एक झपकी आई ही थी कि कंडक्टर ने घंटे भर में दिल्ली स्टेशन आने की सूचना दी। दोनों ने मसमसाकर आँखें खोलीं तो देखा, वे सज्जन सूटेड-बूटेड होकर बैठे हैं। मुँह पर ताजगी और हलकी सी मुसकान है। रितेश का दिल जलकर रह गया। हाँ, क्यों न हो, अपने आप तो जनाब खर्राटे ले रहे थे, ताजा तो लगेंगे ही। अब सीमा भी नीचे आ गई। उसने धीरे से 'गुड मॉर्निंग' की। उन्होंने भी जवाब दिया और बोले, ''रात बड़ी अच्छी नींद आई। मैं जब भी ट्रेन में होता हूँ, लगता है कोई झूला झुला रहा है।''

''अरे अंकल, हम तो सो ही नहीं पाए।'' रितेश बोल पड़ा।

''भई क्यों?'' उन्होंने आश्चर्य से पूछा।

''वो यूँ कि...'' उसकी बात काटती हुई रीमा बोली, ''हमें ट्रेन में कम ही नींद आती है।''

''वेरी स्ट्रेंज,'' कहकर उन्होंने सेब की फाँकें उन्हें भी पेश कीं। रितेश ने लपककर उठा ली। रीमा जल्दी से हाथ-मुँह धोने चली गई। तब

रितेश ने कहा, ''अंकल, रात को तो हमें लग रहा था कि नगाड़े बज रहे हैं। आपको नहीं लगा?''

''नहीं तो भई, तुम्हारा वहम होगा। ट्रेन में नगाड़े का क्या काम!'' वे सज्जन बोले।

''नहीं तो!'' कहकर रितेश शांति से सेब खाने लगा। तब तक रीमा आ गई। उसने बिस्तर आदि गाड़ी के अटेंडेंट को दिए और तब तक स्टेशन भी आ गया।

''ओ.के. अंकल, नमस्ते! ये मेरा कार्ड है, इसको ध्यान से पढ़िएगा।'' कहकर रितेश ने अपने कार्ड के पीछे चार-पाँच लाइनें लिखीं और रीमा के साथ गाड़ी से उतर गया।

क्लॉक-रूम में जाकर रीमा और रितेश ने स्नान आदि किया। कैंटीन में नाश्ता कर रीमा अपने इंटरव्यू के लिए रितेश के साथ निश्चित समय पर ऑफिस पहुँच गई, जहाँ पर उसे बुलाया गया था।

जब उसकी कॉल हुई तो 'क्या मैं अंदर आ सकती हूँ?' कहकर जब अंदर घुसी तो उसका सिर चकराने लगा। कहीं फिर से उसी रेल के कूपे में तो नहीं पहुँच गई। खैर, सँभल गई, जल्दी ही 'गुड मॉर्निंग' कहकर खड़ी हो गई।

''गुड मॉर्निंग तो सुबह ही हो चुकी है। बैठिए, मिस रीना!''

सामनेवाले सज्जन शर्माजी ट्रेनवाले हमसफर थे। खैर, इंटरव्यू बहुत अच्छा दिया। रीमा से सभी प्रश्नों का संतोषजनक उत्तर पाकर शर्माजी ने बड़े संतोष से सिर हिलाया। ''बोले, तुम काफी समझदार हो—यू आर सलेक्टेड। तुम्हारा भाई कहाँ है?''

''जी, वह बाहर ही है।'' रीमा को लगा कि जरूर उसने शर्माजी से कोई 'फनी' बात कही होगी।

''बुलाइए जरा!''

''जी सर।'' कहकर उसने बाहर से रितेश को बुलाया।

वह कमरे में घुसा तो 'बाप रे' कहकर ठगा सा रह गया। शर्माजी

हँसने लगे, बोले, ''क्यों उस्ताद, दुनिया गोल है न! खैर, नाऊ यू रिलेक्स। तुम्हारा कार्ड मैंने ध्यान से पढ़ा। तुम्हारा सुझाव में अवश्य मानूँगा और अपने नगाड़ों का इंतजाम इन होम्योपैथिक डॉक्टर से अवश्य कराऊँगा।''

रितेश ने अपने कार्ड के पीछे लिखा था—

'नगाड़ों के इलाज के लिए डॉ. आर. अवस्थी से संपर्क करें। 'सहयात्री भी सोए बिंदास, जब नगाड़े के इलाज का हो प्रयास।'

''भाई, काफिया खूब मिलाया है तुमने!'' कहकर शर्माजी जोर से ँसे, साथ ही रीमा और रितेश भी हँसने लगे।

□

शिक्षा सचिव का चश्मा

जब मेरी शादी भारतीय प्रशासनिक सेवा के अधिकारी से हुई तो बंबई की होने के कारण इस सेवा के बारे में मैं ज्यादा कुछ जानती नहीं थी। अतः शुरू-शुरू में मैंने काफी नादानियाँ कीं, जो कि एक वरिष्ठ अधिकारी की पत्नी को कतई नहीं करनी चाहिए। दूसरे, अपने पति के अधिकार व प्रभाव के बारे में भी मैं पूरी तरह अनभिज्ञ थी।

उस समय मैं वरिष्ठ अधिकारियों के बारे में कई किस्से सुनती थी। जैसे कि एक कमिश्नर साहब जब भी कहीं जाते तो उनका 'प्रिय' तहसीलदार सदैव उनके साथ रहता। तहसीलदार का काम था, उनकी सब सुख-सुविधाओं का का खयाल रखना, जिसे वह बखूबी निभाते थे। एक बार कमि२नर साहब सचिवालय में मुख्य सचिव से मिलने गए। कमरे में अंदर जाते समय अपना हैट उन्होंने बाहर ही छोड़ दिया। पता नहीं तहसीलदार साहब से भी कैसे चूक हो गई कि ध्यान ही नहीं रहा हैट का। घर वापस लौटने पर जब हैट की दरकार हुई तो तहसीलदार के हाथ के तोते उड़ गए। वह फौरन उलटे पाँव लखनऊ भागे, पूरा सचिवालय छान मारा; पर हैट का कहीं पता नहीं चला। वहाँ से अपने दफ्तर फोन करने पर पता चला कि कमिश्नर साहब बेहद नाराज हैं उनकी लापरवाही से। अगर हैट नहीं मिला तो उन्हें 'सस्पेंड' किया जा सकता है। तहसीलदार साहब के बदन में काटो तो खून नहीं। क्या करें, कहाँ से उस हैट को

नमूदार करें। अपने एक मित्र को, जो अतिरिक्त कलक्टर बनकर रिटायर हुए थे, अपनी समस्या बताई। उन्होंने बताया कि अब केवल एक ही उपाय हो सकता है कि वे दिल्ली के चोर बाजार चले जाएँ, वहाँ पर ऐसा हैट मिल सकता है कि सो उन्होंने रात की गाड़ी पकड़ी और सुबह-सुबह दिल्ली के चोर बाजार में उनका भाग्य एक स्टाल पर रखा मुसकरा रहा था। एकदम हू-ब-हू वैसा ही हैट। उसे लेकर वे सीधे कमिश्नर के पास रवाना हो गए। मंडलायुक्त महोदय हैट पाकर बड़े प्रसन्न हुए और तहसीलदार साहब की 'प्रोन्नति' पक्की हो गई।

सुनते हैं कि इन्हीं तहसीलदार साहब ने एक आयुक्त के तबादले पर उनकी गाय को ट्रेन के फर्स्ट क्लास के कूपे से यात्रा करवा दी थी। खैर, ये सब कथाएँ सुनकर मैं खूब हँसती थी।

यह तो बीस साल पहले की बात है। लोग-बाग धीरे-धीरे इनकी वरिष्ठता का आभास मुझे दिलाते रहते; परंतु इन बीस सालों में इनके बैचमेट्स आदि का प्रभाव कितना बढ़ा है, इसका अहसास मुझे तब हुआ जब इनके एक बैचमेट, जो हमारे अभिन्न मित्र भी हैं, दौरा करने नैनीताल आए और एक दिन के लिए हमारे यहाँ ठहरे। हमारे घर पर शिक्षा सचिव के आते ही कई अधिकारीगण हमारे घर के आस-पास मँडराने लगे। उन्हें यह कहकर टाला गया कि हम उनकी ठीक से देखभाल कर लेंगे, अत: वे जाएँ। इस बीच हम लोगों ने खूब गपशप की, ताश खेला, फिर माल रोड घूमने गए। इसके अलावा सचिव महोदय ने लॉन में बैठकर ऑफिस का कार्य किया। अगले दिन सुबह उन्होंने प्रस्थान किया। उनको गए दो घंटे भी न हुए होंगे कि तीन अधिकारी हमारे घर के बाहर खड़े थे। पूछने पर पता चला कि शिक्षा सचिव महोदय का चश्मा शायद यहीं रह गया है। अरे चश्मा! और वह भी शिक्षा सचिव का! बताइए, वह फाइलें कैसे देखेंगे, कैसे हमारे देश-प्रदेश की शिक्षा नीति निर्धारित करेंगे! खैर, उनका चश्मा हमने भली-भाँति ढूँढ़ा, पूरा घर छान मारा, परंतु चश्मा नहीं मिला। हमने कहा कि भई, घर पर तो चश्मा नहीं है। हो सकता

है रास्ते में कहीं गिर पड़ा हो। माल रोड पर घूमते समय उन्होंने चश्मा नहीं पहना था, मुझे अच्छी तरह से याद है। बेचारे अधिकारीगण चले गए। चश्मा मिल जाता तो सचिव साहब खुश हो जाते और वे खुश, तो समझिए उनकी चाँदी-ही-चाँदी। बात यहीं समाप्त नहीं हुई। दो अधिकारी पुनः हमारे दरवाजे पर नमूदार हुए, उन्हें भी आश्वस्त कर कि घर चश्मा नहीं है, लौटा दिया गया।

अगले दिन हमारे मेस में काफी बड़ा लंच चल रहा था। कुमाऊँ के कमिश्नर तथा नैनीताल के जिला अधिकारी, डी.आई.जी. सभी मौजूद थे, अचानक एक हट्टा-कट्टा 'क्रूकट' आदमी आया और आकर इनसे कहने लगा कि साहब, मुझे बरेली के जिलाधिकारी ने भेजा है, वह शिक्षा सचिव महोदय का चश्मा… ? इन्होंने उसे बाहर बैठने को कहा; परंतु उनकी बड़ी कड़ी हिदायत थी शायद। जनाब बाहर इस प्रकार बैठे कि हम पर बराबर निगाहें लगाए रहें। जैसे ही हम उठे वह फौरन उठकर हमारे सामने आ गया। ज्योंही हम गेट की ओर बढ़े वह फौरन लपका, साहब अगर कृपा हो जाती, वह माननीय शिक्षा सचिव का चश्मा। ये चूँकि व्यस्त थे, बीच में ही बोले कि भई, ढूँढ़ लो, स्वागत है कक्ष में, बिलियर्ड्स रूम में पहले देख लो। वहाँ पर शीघ्र ही ढूँढ़-ढाँढ़कर वह फिर वापस आ खड़ा हुआ। तब इन्हें भी गुस्सा आ गया। डाँट पड़ी उस हलकारे को। खैर, बेचारे वे जनाब भी मुँह लटकाकर चले गए। लगता था होड़ लगी है—जो चश्मा पाएगा वही मुकद्दर का बादशाह कहलाएगा। शिक्षा सचिव बीच में जहाँ-तहाँ दौरे पर रुके थे, वहाँ के अधिकारियों के फोन भी हमें अनवरत रूप से दिन-रात आते रहे। मेरी हालत तो यह हो गई कि मेरी आँखें या तो चश्मा ढूँढ़ती या उसके सपने देखतीं।

इत्तफाक ऐसा हुआ कि इसी बीच हमारे देवर मय परिवार हमारे यहाँ आए। जब वे आए तो ऊपर अपने कमरे में तैयार होने चले गए, मैंने देखा कि वही वी.आई.पी. चश्मा, हमारे प्रिय मित्र की आँखों का नूर उनके कमरे की बुक शेल्फ पर रखा है। बड़ा आश्चर्य हुआ कि ऐसी चूक कैसे

हो गई, हमने तो सारा घर छान मारा था। खैर, मेरी खुशी का ठिकाना न रहा। फौरन फोन घुमाया और अपने मित्र को बताया कि आपका चश्मा मिल गया है। वह भी बड़े प्रसन्न हुए। कहने लगे—बड़ा ही अच्छा हुआ। मुझे ये चश्मा बहुत ही प्रिय है, कोई लखनऊ आ रहा हो तो भिजवा दें। लखनऊ जाते एक सज्जन के हाथ उसी समय चश्मे को बड़ी हिफाजत के साथ रवाना कर दिया। यह काम बड़ी तुरती-फुरती से हुआ। ऐसा लगता था कि अपने मित्र को चश्मा पहुँचाकर हम मानो गंगा नहा जाएँगे। इन बातों से बेखबर हमारे देवर ने नहा-धोकर भोजन किया, एक झपकी ली और उसके बाद अखबार याद आया। अखबार हाथ में लेकर वे कभी मेज के ऊपर, कभी मेज के नीचे झाँककर कुछ ढूँढ़ने लगे, फिर फुरती से ऊपर गए, अपने वाले कमरे में ढूँढ़कर जब वापस आए तो मैंने पूछा, ''क्या ढूँढ़ रहे हो?'' बोले, ''भाभीजी, मेरा चश्मा रखा था। शायद स्टडी टेबल पर, पता नहीं कहाँ गया?''

हे राम! इस सरकारी तंत्र ने तो मुझे 'ब्रेन वाश' कर दिया था कि अपने देवर के चश्मे को शिक्षा सचिव का चश्मा समझकर उन्हें भिजवा चुकी थी।

□

अमूल्य निधि

उस दिन अचानक बातों-बातों में सुधा बोली, ''स्वाति, सच में निर्मल को देखकर बड़ा ही दुःख होता है। बड़ा ही बुरा हुआ उसके साथ, पर होनी को कौन टाल सकता है? अभी तो उसके घाव ताजे हैं; लेकिन तीन-चार महीने बाद, हमारे एक मित्र हैं, विधुर हैं वह भी, दो छोटे-छोटे बच्चे हैं, निर्मल के लिए फौरन मान जाएँगे। तुम बात करके देखना।'' सुनकर बड़ा अटपटा सा लगा, अभी सत्येन को गुजरे महीना भर ही हुआ होगा और निर्मल तो मानो अब भी उसी में ऐसी रमी, रची-बसी लगती है कि वह किसी और पुरुष को अपना पति स्वीकार कर पाएगी? दूसरे, इन दस सालों के विवाहित जीवन की सुखद यादें मानो उसके लिए अमूल्य निधि हैं, जिन्हें वह किसी भी कीमत पर नहीं खोएगी। फिर भी मैंने कहा, ''अच्छा, देखूँगी किसी दिन।''

सत्येन और मेरे पति राजन एक विज्ञापन कंपनी चलाते थे। काम खूब जोरों से चल रहा था। राजन कॉन्टैक्ट्स बनाने में बहुत चतुर थे और और सत्येन का काम था उसका आर्ट डिपार्टमेंट सँभालना। सत्येन तो मानो जन्म से ही कलाकार था—सुंदर पेंटिंग्स बनाता था, गाता बहुत सुंदर था, सितार बजाता तो ऐसे लगता कि संगीत लहरियों में खो जाएँगे। दोनों मित्रों ने अपने अथक परिश्रम से बिजनेस को चार चाँद लगा रखे थे। परंतु फिर भी हम दोनों की आर्थिक हालत में बहुत फर्क था। सत्येन का परिवार

बहुत बड़ा था। उससे दो बहनें बड़ी और दो बहनें छोटी थीं। अकेला लड़का था। पहले दोनों बड़ी बहनों की शादी में उसने लाखों रुपए लगाए, फिर छोटी बहनों की शादी के लिए जमा करना शुरू कर दिया। ऐसी स्थिति में किस प्रकार वह घर का खर्च चला पाता था, मुझे तो कम-से-कम समझ में नहीं आता। उसके बिलकुल विपरीत, इधर राजन अपने माँ-बाप की इकलौती संतान और मैं भी बड़े रईस खानदान से थी। घर में किसी भी बात की कमी न थी, जब मैं कोई गहना या साड़ी खरीदती तब निर्मल को उसी सादी पुरानी साड़ी में देखकर शर्मिंदा-सी हो जाती। निर्मल का नाम उसके माता-पिता ने बहुत सोच-समझकर रखा होगा। सारी ननदों को लेना-देना, उनकी आवभगत जितना बन पड़ता, भरसक करती। सत्येन ने शादी के समय न बड़ा घर देखा और न ही पैसा, बस ऐसी लड़की ढूँढ़ निकाली, जो बड़ी गृहस्थी में निभ सके। बाकी उसका भाग्य कि निर्मल जैसी सुंदर और संतोषी लड़की मिली।

ठीक समय पर हम पर ईश्वर की कृपा हुई और हमारे आँगन में हनी और स्वीटी खेलने लगे, पर सत्येन के यहाँ इन पाँच सालों में एक भी संतान न हुई, फिर भी दोनों मियाँ-बीवी अपने घर-गृहस्थी में रमे थे। कभी-कभी मैं सोचती थी—क्या बच्चे न होने का दु:ख नहीं हैं इन्हें! जब देखो, बहनों के बच्चों को लटकाए घूमते रहते हैं। निर्मल से एक-दो बार बात करनी चाही, पर समझ में नहीं आया कि कैसे शुरू करूँ, हो सकता है जिम्मेदारियाँ कम होने पर बच्चा लें, क्या कहा जा सकता है? इसलिए मैं चुप रही। फिर एक दिन निर्मल हमारे यहाँ आई। बड़ी उदास लग रही थी। बोली, ''स्वाति, मेरे साथ अस्पताल चलो, मैं इनका मन नहीं दुखाना चाहती, पर अब मुझे बच्चा चाहिए।'' मैं बड़ी चकित हुई, बोली, ''इसमें भला सत्येन को क्या एतराज हो सकता है?'' निर्मल धीरे से बोली, ''अब तक तो किसी डॉक्टर को दिखाया नहीं, पता नहीं किसमें कमी है। अगर मुझमें कोई कमी निकलती है तो शायद इलाज हो जाए, मगर इनमें कोई कमी निकली तो मैं जाहिर नहीं होने दूँगी।''

मैं और निर्मल दोनों अस्पताल चली गईं तो डॉक्टर ने बाहरी मुआयना आदि किया और फिर अंदरूनी एक्सरे की तरीख दे दी। उस दिन से तय हुआ कि मैं निर्मल को सारे दिन के लिए किसी बहाने ले आऊँगी, फिर शाम को आराम करके वह घर चली जाएगी। ऐसा ही हुआ, सत्येन व उसके घरवालों को पता ही नहीं चला और निर्मल का एक्सरे आदि हो गया। एक्सरे जाँच की रिपोर्ट तीसरे दिन मिल गई। निर्मल में कोई कमी नहीं है। इनके पति का चेकअप होना चाहिए, ऐसा रिपोर्ट में लिखा था। निर्मल उस दिन बहुत रोई, पर वह किसी भी तरह तैयार नही हुई कि सत्येन का चेकअप हो। कितनी ठेस लगेगी उसके मन को, उसका पौरुष कितना आहत होगा, यही सोचकर अपने मन को मना लिया उसने। तब से निर्मल की आँखों के बादल मानो छँट गए। तसवीर साफ हो गई, कोई उलझन ही न रह गई। सत्येन इन सब बातों से बेखबर अपने घर, अपनी कला को समर्पित था।

एक दिन राज बहुत घबराए से घर बड़ी देर से लौटे। आते ही मेरे कंधे पर सिर रखकर रोने लगे। मुझे बड़ी हैरानी हुई, ''क्या बिजनेस में कोई बड़ा नुकसान हो गया?'' मैंने पूछा तो ये बोले, ''बिजनेस चाहे चौपट हो जाए, मुझे कोई फिक्र नहीं; पर स्वाति, मेरा दोस्त, अब ज्यादा दिन हमारे बीच नहीं रहेगा।''

''कौन सा दोस्त? क्या हुआ उसे?'' आशंका से मेरा दिल काँप उठा।

''सत्येन! स्वाति, सत्येन को कैंसर बताया है डॉक्टरों ने। आठ-दस महीनों का मेहमान है।'' बस ऐसा कहते ही राजन बोले नहीं! सुनते ही मानो जमीन थम गई। आसमान घूमने लगा। हम दोनों मियाँ-बीवी फूट-फूटकर रोने लगे। ऐसे भले व्यक्ति को ऐसी बीमारी, हे भगवान्! अगर सत्येन को कुछ हो गया, तो मेरा विश्वास अच्छाई पर से उठ जाएगा। निर्मल की सुंदर-शांत आकृति मेरी आँखों के सामने आकर खड़ी हो गई। मेरा दिल हाहाकार कर उठा। थोड़ी देर बाद हमने खुद को सँभाला, मैं

चाय बनाकर लाई। राजन ने बताया कि सत्येन आजकल बहुत कमजोर सा नजर आ रहा है, जरा सा परिश्रम करते ही हाँफने लगता है। कई दिन से बुखार भी रहने लगा। राजन ने कई बार टोका उसे, फिर खुद ही जिद करके डॉक्टर के पास ले गया। डॉक्टर ने खून, पेशाब आदि के सारे टेस्ट किए तो खून में कमी निकली। तब डॉक्टर ने कई सारे रोग तजवीज किए। सत्येन टालता रहा, परंतु जब बुखार होना शुरू हो गया तब जाकर सारे टेस्ट करवाए 'ल्यूकीमिया' निकला है। राजन अपना बोन मेरी देने को तैयार है। अमेरिका ले जाकर अपने खर्चे पर सारा इलाज करवाएगा; परंतु अमेरिका में बात करने पर पता लगा कि पूरे इलाज का पैटर्न वही है चाहे कहीं भी करवाएँ, उसके बाद चाहे अमेरिका में करवा लें। परंतु सत्येन ने तब तक इस दुखदायी इलाज के बारे में जान लिया था। उसमें मरीज के साथ-साथ तीमारदार भी कितने दुःखी होते हैं इसका अंदाजा हो गया था उसे। अतः अंग्रेजी दवाई खाने के लिए बिलकुल मना कर दिया और निर्मल को पता न चले ये हिदायत भी दे दी। हम क्या करते, मन पर पत्थर रख लिया। सत्येन ने एक बढ़िया होम्योपैथ से इलाज शुरू कर दिया। पता नहीं होम्योपैथी का चमत्कार था या सत्येन का आंतरिक बल, उसका बुखार भी ठीक होने लगा और वह अपने को पहले से काफी स्वस्थ महसूस करने लगा। इस दौरान सत्येन निर्मल का विशेष ध्यान रखता। ऐसा लगता, मानो वह दोनों एकाकार हो जाएँगे। निर्मल को क्या पसंद है, क्या चाहिए उसे, बस यही खयाल रहता उसे। यानी कि उसने सोच लिया कि जब तक जीवित है वह सारी दुनिया-जहान की खुशियाँ उसे दे देगा। इस प्रकार सत्येन पाँच साल जीवित रहा। हमें आशा बँध गई कि अब वह ठीक हो ही जाएगा, काश कि ये होम्योपैथी 'कैंसर क्यूर' के दावे सच करके दिखाए। पर ईश्वर को कुछ और ही मंजूर था। एक दिन उसे हलकी सी कँपकँपी हुई, फिर तेज बुखार, साथ में छाती में जकड़न सी महसूस होने लगी। होम्योपैथी दवाई ने जब असर नहीं दिखाया तो मजबूरन अस्पताल ले जाना पड़ा। वहाँ पर हमारे प्यारे दोस्त ने सुबह तक हमारा

साथ छोड़ दिया। दीन-दुनिया से दूर अपनी प्रेयसी को अकेला छोड़ न जाने कैसे सत्येन के प्राण-पखेरू उड़े होंगे। निर्मल तो मानो पत्थर हो गई। हमने अपने आपको सँभाला। सारे रिश्तेदारों को खबर की। सब चकित थे कि अचनाक यह क्या हो गया! चारों जमाइयों ने यंत्रवत् अपने कर्तव्य निभाने शुरू किए। निर्मल एक कोने में सिमटी, पथराई-सी बैठी रही। मैं उसके साथ बनी रही। जब सत्येन के पार्थिव शरीर को अग्नि को समर्पित करने के लिए ले जा रहे थे तब मैंने धीरे से निर्मल को उठाया। अंतिम दर्शन के लिए वह धीरे-धीरे उसके पास पहुँची। उसका मुख अपने हाथ में लेकर कुछ बोलने लगी। पास जाकर सुना तो कह रही थी, 'जा रहे हो तो मुझे अकेला छोड़कर, ऐसे निर्दयी हो तुम, अपनी सारी कलाएँ साथ लिये जा रहे हो। बताओ, ऐसा तुमने क्यों किया? क्यों आसमान पर चढ़ाकर नीचे पटका, क्या दोष था मेरा, बोलो, क्या दोष था मेरा? वो सत्येन को झिंझोड़ने लगी। जब मैंने जाकर छुड़ाया तो मेरे गले लगकर बेतहाशा रोने लगी, "बोलो स्वाति, अब मैं किसके सहारे जीऊँगी, मुझे भी उनके साथ सती कर दो।" "पागल हो गई हो क्या?" मैंने रुँधे गले से उसको सहलाया तो देखा वो बेहोश हो चुकी थी।

जब सत्येन की अरथी उठी तो पूरा मोहल्ला गमगीन था। आँखों में आँसू थमने का नाम ही न ले रहे थे।

इस हादसे को एक महीना हो गया। निर्मल जी तो रही है, परंतु उसके प्राण तो सत्येन में ही अटके हैं। मैं रोज उसके यहाँ जाकर चक्कर लगाती, उसका मन बहलाने का प्रयत्न करती; पर वह हर समय सत्येन की ही बातें करती। बातें करते-करते दरवाजे की ओर ऐसे देखती जैसे वह अभी आ ही रहा है कहीं से। राजन पर अब बिजनेस का काफी भार आ पड़ा। पहले तो सत्येन ऑफिस का सारा काम सँभालते और राजन बाहर का। कोई ढंग का ऐतबार करने योग्य व्यक्ति इतनी आसानी से कहाँ मिलता, सत्येन जैसे की बात तो दूर। अब मैंने और राजन ने निर्मल को तैयार करना शुरू किया कि वह चाहे थोड़ी देर को ही सही, पर

ऑफिस में आकर बैठे। किंतु निर्मल तो इस संसार में मानो थी ही नहीं। इस तरह दो महीने होने को आए। आज मैं जैसे ही निर्मल के यहाँ पहुँची, वह मुझे खींचकर अपने कमरे में ले गई। मैं बड़ी चकित हुई, बोली, ''स्वाति, जानती हो! कल रात सत्येन मेरे सपने में आए, पता नहीं छोटे बच्चे के रूप में थे। बोले—निर्मल, मैं इतना निर्दयी नहीं, मैं तुम्हारे पास आ रहा हूँ।''

मुझे लगा, निर्मल सचमुच पगला गई है तो निर्मल ने मानो मेरे मन की बात पढ़ ली। बोली, ''तुम सोच रही हो न कि मैं पागल हो गई हूँ, नहीं मेरी बहना, पता है, पिछले महीने मुझे शक हुआ मगर मैंने मेंटल शॉक से ऐसे हुआ होगा सोचकर ध्यान नहीं दिया, पर इस महीने पक्का है। चल, डॉक्टर के पास ले चल मुझे।'' उसी समय हम डॉक्टर के पास गए। डॉक्टर ने निर्मल के गर्भवती होने की पुष्टि कर दी। ईश्वर की लीला पर मैं बड़ी हैरान हुई। निर्मल की हालत बयान करना बड़ी मुश्किल लग रहा था कि सत्येन उसके सामने बैठा है। वह कह रही थी, ''मुझे माफ कर देना प्रिये, मैंने तुम्हें पता नहीं क्या-क्या कह दिया; पर जो अमानत तुम मुझे दिए जा रहे हो, उसे मैं जी-जान से भी ज्यादा प्यार से पालूँगी। तुम्हारी सारी कलाओं को जीवित रखूँगी।''

अचानक जैसे नींद से जागते हुए बोली, ''स्वाति, राजन से कह देना, कल से मैं ऑफिस में आऊँगी और सत्येन का सारा बिजनेस सँभालूँगी।'' उसकी आवाज में दृढ़ता थी।

□

जोगन

"अरी भागवान, ये जोगी फिर कहाँ को निकल गया?" सदानंदजी ने अपने पुत्र जोगेश्वर को घर पर न पाकर अपनी पत्नी सत्यवती को आवाज लगाई।

"अजी, कहाँ गया होगा, शाम होनेवाली है, मंदिर गया होगा। ले-दे के भगवान् ने एक ही औलाद दी, वो भी ऐसी भगत!" सत्तो रसोई से ही झुँझलाई।

"हूँ," कहकर सदानंदजी कुछ सोचने लगे। दिन ढले का वक्त था, सत्यवती काम निबटा रही थी। रात को बिजली भी है तो क्या! गाँव में बल्ब भी दीये की तरह टिमटिमाते हैं। सदानंदजी बेटे को बुलाने मंदिर की ओर चल पड़े। वहाँ पर वह खूब जोरों से भजन-कीर्तन में लगा था, सदानंदजी भी बैठ गए। जब आरती समाप्त हुई तो प्रसाद ग्रहण कर बाप-बेटे घर की ओर चलने लगे। जोगी को जब भूख-प्यास सताती तभी घर आता वरना मंदिर में ही पड़ा रहता। सो सदानंदजी ने पूछा, "क्यों भई, ये उमर तेरे पढ़ने-लिखने की है, अगर उसमें मन नहीं लगता तो मेरे साथ खेतीबाड़ी में लग।" जोगी चुपचाप चलता रहा। एक तो इकलौता था दूसरे कभी बाप के सामने नहीं पड़ता था। अभी किशोर की उम्र थी। हलकी-हलकी दाढ़ी-मूँछ निकलने लगी थी, शरीर गठा हुआ, गोरा-चिट्टा शरीर और कद लंबाई पकड़ता हुआ। उसे लेकर

पता नहीं सदानंदजी के क्या-क्या सपने थे। एक ही लड़का हुआ, वह भी शादी के दस साल बाद। सत्रह वर्ष की उम्र हो चली है; परंतु आठवीं पास न कर पाया। स्कूल से भागकर जब देखो मंदिर पहुँच जाता है। जब से रामायण बाँचना सीख गया तभी से पढ़ाई की इतिश्री हो गई। यह तो गनीमत थी कि सदानंदजी की जमीन काफी थी। खेतों पर मजदूर लगे हुए थे और दोनों मियाँ-बीवी दिन-रात एक कर मेहनत करते; पर मजाल कि ये नालायक जोगी जरा भी हाथ बँटा दे। कभी-कभी तो वे बहुत झुँझला जाते, पर यही सोचकर मन को मना लेते कि कहीं बुरी संगत में तो नहीं बैठता, मंदिर में ही पूजा-पाठ में लगा रहता है।

खैर, इसी तरह चार-पाँच साल और बीत गए। जोगी बाँका जवान लगने लगा। एक दिन सत्तो ने कहा, ''अजी, अब इसकी शादी-ब्याह की बात पक्की करो। रोज-न-रोज रिश्तेवाले आने लगे हैं। घर में जोरू आ जावेगी तो मंदिर का रास्ता भूल जावेगा।''

सदानंदजी हँसकर बोले,''एक बात साफ बता दूँ, लड़की बहुत सुंदर हो तभी रिश्ते की बात करूँगा, ऐसे जोगी को तो मेनका ही लुभा पावेगी।''

इसपर सत्तो बोली, ''और नहीं तो क्या, अपना जोगी भी तो गबरू जवान है, थोड़ा भगत है तो क्या हुआ? सब ठीक हो जावेगा शादी के बाद।''

जमीन-जायदाद काफी थी, सो इनकी शादी में रुचि है, जानकर अनेकों रिश्ते आने लगे। गाँव में बड़ी चिमिगोइयाँ होने लगीं। जोगी का पड़ोसी राजे बोला, ''अरे भाई, तुम्हारे विचार से क्या जोगी ब्याह कर लेगा? भई, मुझे तो लगता नीं, जब देखो मंदिर में पड़ा रहवै।''

इसपर विनोद बोला, ''अरे, बीवी आ जावेगी तो देखना, सब मंदिर द्वार भूल जावेगा। सुना नी क्या, पड़ोस के गाँव जंधेड़ी से शामलाल की छोरी मीरा का रिश्ता आया है। बिट्टो बता रही थी, बड़ी सुंदर लड़की है बिलकुल माधुरी-दीक्षित जैसी।''

जीतू से भी न रहा गया। जला-फुँका बैठा था, उसके बापू की जमीन खास थी नहीं, इसलिए बोला, "हाय! क्या जमाना आ गया, हमारे बापू के पास भी अच्छी जमीन होती तो मजाल कि किसी और की हो जाती वो छोरी। इस फूफ्फस के पल्ले पड़ेगी।"

मीरा सचमुच ही अनिंद्य सुंदरी थी, इसके सौंदर्य की चर्चा पास-पड़ोस के गाँव तक में थी। परंतु जोगी ने साफ इनकार कर दिया और धमकी दी कि अगर जबरदस्ती की गई तो घर छोड़कर चला जाएगा। सब चुप बैठ गए। परंतु नियति में कुछ और ही बदा था। एक दिन जोगी का चचेरा भाई श्यामू उसे पैंठ में ले गया। वहाँ पर जोगी ने छोले खाते वक्त उस परी को देखा। चुपचाप श्यामू ने कान में बताया कि "ये ही मीरा है। मौका हाथ से निकल गया तो परी हाथ से निकल जावेगी।" जवान उम्र तो थी ही, जोगी के दिमाग में मानो बिजली-सी कौंध गई। श्यामू ने वापस आकर सदानंदजी से कहा, "ताऊ, अब बात कर लो, लोहा गरम है, अगर ये अब भी राजी नहीं है तो समझो कभी ना बसाएगा ये अपनी घर-गृहस्थी।"

सदानंदजी जोगी के पास पहुँचे। पूछा, "देख भई, अब बता जंधेडीवालों को नाईं कर दूँ। उन्होंने जवाब माँगा है।" जोगी झटके से उठते हुए बोला, "अब मैं क्या कहूँ बापू, जो जी चाहे वो करो।"

यानी कि जोगी की 'हाँ' हो गई। नाई को फौरन जंधेड़ी दौड़ाया गया। शुभ मुहूर्त देख लड़कीवाले रोकने आ गए। सारे घर में खुशी छा गई। रिश्तेदारों का जमावड़ा शुरू हो गया। गाँव में लड्डू बँटे। शिवजी पर सदानंदजी ने घड़ा भरकर जल चढ़ाया, बड़े श्रद्धा भाव से नमन कर उन्हें अपने सौभाग्य के लिए आभार प्रकट किया। बूढ़े पुजारीजी ने उन्हें आशीर्वाद दिया कि जल्दी ही वह ससुर और फिर पोते के बाबा बनें व अपना वंश बढ़ता हुआ देखें। सगाई के दिन भी जोगी मंदिर में दिखाई दिया, खूब मंदिर की सफाई करके शिवजी पर जल चढ़ाया। जीतू चिढ़ा हुआ तो था ही, बोला, "भैया, चढ़ा ले आज जितना जल चढ़ाना है, फिर तो भाभी की सेवा ही करनी है।"

जोगी का मुँह लाल हो गया। उसने जीतू को पकड़ लिया और गुस्से के मारे उसको हिलाने लगा। जीतू उसकी पकड़ से नहीं छूट सका। दो-चार लोगों ने बीच-बचाव करके दोनों को छुड़ाया। जोगी पद्मासन लगाकर बैठ गया, क्रोध पर काबू पाने के लिए। सब चुपचाप अपने-अपने घरों को चल दिए। गाँववालों ने कसम खाई, जो आज के बाद उसे कुछ कहें।

खैर धूमधाम से जोगी का ब्याह हुआ। मीरा का सौंदर्य चर्चा का विषय बन गया। सब लोग जोगी के भाग सराहने लगे, जोगी के जोग की बात मानो सब भूल गए। जोगी, जो हमेशा चर्चा का विषय रहता था, अब मीरा ने उसकी जगह ले ली। जोगी अनमना सा हो गया। उसका मन हुआ कि वह अभी यहाँ से भाग जाए, जिससे फिर से सभी उसके बारे में बातें करें, उसकी ही चर्चा हो। उसको ये गवारा ही न था कि कोई उससे बेहतर है। पर वो परी जो अंदर बैठी है, उसको बाँहों में लेने को उसका दिल मचल रहा है, उसका क्या करे। प्रथम रात्रि को मीरा के पवित्र सौंदर्य में मानो जोगी बह गया, अपनी भी सुध न रही उसे। सुबह-सुबह परी उसके बगल से गायब थी। बाहर आया तो घर-आँगन में भी न थी। माँ समझ गई, बोली, ''अरे, बहू को देख रा क्या? वो तो पसर में तेरे बापू के साथ ई मंदिर कू चली गई।'' जोगी बगैर मुँह धोए मंदिर की ओर भागा। देखा, मीरा मुँह पर लंबा घूँघट निकाले वापस लौट रही है, आगे-आगे सदानंदजी हैं। जोगी सीधा मंदिर पहुँचा, वहाँ उसने देखा कि शिवजी पर जल फल-फूल चढ़े हुए हैं। बूढ़े पुजारीजी बड़े आनंदित हैं, ललककर बोले, ''भैया, धन्न हो गए हम, तेरी घरवाली तो रूप-गुण की खान है।''

जोगी अपना-सा मुँह लेकर लौट आया। मीरा सास के साथ बराबर काम में लगी रही। जोगी ने स्नान-ध्यान करके खाना खाया, वह फिर मीरा के साथ एकांत चाहता था। मंदिर जाने का उसका मन ही न हुआ। जब दिन में बाबूजी व माँ सो गए तो मीरा का हाथ पकड़कर अपने कमरे में ले गया। चाहता तो बहुत कुछ था कहना, पर बस यही कहा कि ''मीरा रानी, तुम मंदिर न जाया करो!''

मीरा ने पूछा, ''क्यों?'' तो जोगी बिफर पड़ा, ''क्यों का क्या मतलब? बस कह दिया मैंने, घर से बाहर कदम रखने की जरूरत नहीं। लोगों की नजरें नहीं जानती न तू।''

''इसका मतलब ये कि मैं घर में ही कैद होकर रहूँ।'' मीरा भी चुप न रही।

''हाँ-हाँ, कैद होकर रहो या जैसे भी, मुझे ये सब पसंद नहीं।'' जोगी को कुछ न सूझा।

''क्या सब पसंद नहीं, बाबूजी और माँ तक ने नहीं टोका मुझे, पसर में गई और पसर में ही लौट आई।'' मीरा बोली।

''नहीं, तुम मंदिर नहीं जाओगी।'' जोगी ने मानो ऐलान करते हुए कहा।

मीरा समझ न सकी कि जोगी इकलौता लड़का है। आज तक उसकी ही बातें घर में होतीं, उसी की चर्चा गाँव में होती, उसे ये मंजूर नहीं कि कोई उसकी जगह ले या उसके अलावा किसी और को तवज्जो मिले। मीरा चुपचाप जाकर ओसारे में लेट गई, थकी तो थी ही, नींद ने आ घेरा। ससुरजी के खाँसने की आवाज सुनकर उठी और उन्हें चाय बनाकर दी। जाकर सास के पास बैठ सब्जी काटने लगी। कुछ अनमनी-सी देख सास ने पूछा, ''क्या बात है, घर की याद आ रही है क्या?''

मीरा की आँख से टपटप आँसू गिरने लगे।

''अरे, रो ना बेटी, सभी को जाना पड़े है पराए घर को। पर यहाँ तो तेरा राज है, हम किसी बात की भी नाईं ना करते।'' सत्तो दिलासा देते हुए बोली।

उस रात फिर जैसे दिन में कुछ हुआ ही न हो, जोगी मीरा पर न्योछावर हुआ जा रहा था। परंतु इस रासलीला में मीरा का मन बुझा-बुझा सा रहा। जब जोगी सो गया तो वह सोचने लगी कि वह क्या करे। इसी गलफत में निद्रा देवी ने उसे आ घेरा। तड़के ससुरजी के खाँसने की आवाज सुनकर उठ खड़ी हुई। देखा, सदानंदजी ने स्नान कर लिया

है और उसके लिए पानी की बालटी भरी रसोई में रखी है। जल्दी-जल्दी कुल्ला करके वह नहाई, परंतु मंदिर कैसे जाए, कैसे ससुरजी से कहे कि घर से निकलने की मनाही है उसे। वह चाय का गिलास हाथ में लेकर ससुरजी के सामने गई तो सासू ने पूछा, ''अरे, मंदिर से आके पिएँगे चाय तो। चल मुझे दे दे, आज बड़ा आलस सा आ रा।''

मीरा किंकर्तव्यविमूढ़-सी खड़ी रही। सदानंदजी छड़ी लेकर घर से निकले कि बहू आ जाएगी पीछे-पीछे। मीरा ने कुछ सोचा, फिर चप्पलें पाँव में डालकर चल पड़ी। मंदिर जाकर साफ-सफाई की, शिवलिंग धोकर उसपर फूल-फल चढ़ाकर पूजा-अर्चना की। घर वापस लौटी तो देखा जोगी का मुँह फूला हुआ है। वह भी नजरें बचाकर काम में जुट गई। ससुरजी खाना खाकर खेतों पर चले गए। सासूजी भैंस को सानी देने के बाद मट्ठा बनाने में जुट गईं। जोगी निठल्ला सा न तो मंदिर गया और खेत पर तो कभी जाता ही न था। घर पर भी माँ का हाथ नहीं बँटाया, जाकर अंदर पड़ा रहा। तभी आँगन में पास-पड़ोस की औरतें मट्ठा लेने आ गईं। सोमवती कह रही थी, ''अरे जोगी की माँ, बड़े पुन्न किए होंगे तुमने, जो ऐसी बहू पाई। अरे, रूप के साथ-साथ गुण भी तो हैं।''

सुनकर जोगी तिलमिला गया। अब समझा, ये क्यों मेरे उठने से पहले मंदिर जाती है, ताकि सब देखें कैसी गुणवंती है, मना करा तो भी गई। उसने 'रामायण' में अपना मन लगाना चाहा, पर कहाँ? मन में तो ईर्ष्या के गुबार उठ रहे थे। वह चुपचाप उठा और मंदिर में जा बैठा। ध्यान लगाने की कोशिश की, पर बार-बार मीरा की सुंदर मूरत उसके सामने आ जाती। तभी देखा, जीतू मंदिर की ओर आ रहा है। जोगी उठकर अंदर चला गया और यूँ ही मंदिर की सफाई करने लगा; पर वहाँ पर तो सब चमचमा रहा था। क्या साफ करता। पुजारीजी बोल उठे, ''अरे, वो तेरी बहू आई होगी तड़के, सब साफ-सुथरा मिला मुझे, दिके मैं भी नहीं आया था, उसके पहले ही दीपक जलाकर चली गई। ईश्वर तुम दोनों को सुखी रखे।''

जोगी सारे दिन यूँ ही इधर-उधर भटकता रहा। शाम को घर पहुँचा। खाना तैयार था। खाना खाकर फिर मंदिर में जा पड़ रहा। सुबह-सुबह मीरा से पहले ही वह मंदिर का कार्य कर देगा। उधर, मीरा का हृदय रो रहा था। पूजा जैसे कार्य में रोक! अपने गाँव में भी वह रोज मंदिर जाती, तब तो घूँघट भी न रहता उसके मुँह पर। अब शादी के बाद क्या ऐसा हो गया कि घर तक से न निकले? क्या सोचकर ससुराल में कदम रखा था कि सबका मन जीत लेगी, पर उसका रूप ही उसका दुश्मन बन गया। जोगी मंदिर में रात भर छटपटाता रहा। रूप की रानी मीरा बार-बार उसके सामने खड़ी हो जाती। मन किया कि सारा स्वाभिमान ताक पर रख वह जाकर मीरा को बाँहों में भर ले; पर वह भी ऐसी जिद्दी है क्या उसे मना नहीं सकती, घमंडी कहीं की, उसका घमंड चूर-चूर न कर दिया तो जोगेश्वर प्रसाद नाम नहीं।

नींद तो खैर क्या आनी थी, सुबह होने से पहले ही वह उठ गया, मंदिर धोया-पोंछा दीया-बत्ती जलाई और समाधि में बैठ गया। कान रास्ते की ओर ही लगे हुए थे कि किसी के आने की आहट सुनाई दी। मीरा ससुरजी के साथ आई। तब तक बूढ़े पुजारीजी भी आ चुके थे। उन्होंने सदानंदजी से कहा, "भई, धन्य हो तुम, बेटा तो था ही भक्त, बहू भी बड़ी गुणवंती आई है। भगवान् सुखी रखे दोनों को, दूधो नहाए पूतों फले। मीरा ने जोत जलाई, जल अर्पित किया और सीस नवाकर ससुर के साथ वापस चल पड़ी। जोगी ने न तो किसी की ओर देखा, न ही आँखें खोलीं, पर सुन सब रहा था। जब वे चले गए तब वह उठा और घर पहुँचकर जलपान कर कमरे में पड़ रहा। मीरा किसी काम से अंदर आई तो लपककर उसे पकड़ लिया। बोला, "मेरी बात नहीं मानी न तुमने, बहुत घमंड है अपने पर।"

"मैंने किया क्या है, बोलो तो? मंदिर जाना कोई अपराध तो नहीं। बाबूजी को कैसे कहूँ कि नहीं जाऊँगी मैं मंदिर।" मीरा ने सफाई दी।

"क्यों, पहले बापू नहीं जाते थे क्या, अम्मा भी कहाँ जाती है? जो तुम वाहवाही लूटने चल देती हो?" जोगी के मुँह से मन की बात निकल ही गई।

"ओ, तो तुम ये समझते हो कि मैं वाहवाही लूटने जाती हूँ। मैं तो समझती थी तुम बड़े भक्त हो, दूसरे की भक्ति का आदर करोगे। अच्छा, तुम बाबूजी को कह दो कि मेरे मंदिर जाने की राह न देखें।"

जोगी बोला, "मैं क्यों कहूँ और खबरदार! जो मेरा नाम लिया तो, तुम्हें अपने आप ही 'ना' कहना होगा।" जोगी घबराता था बापू से।

"तो ठीक है, जैसा चलता है चलने दो।" कहकर मीरा बाहर निकल गई।

जोगी तिलमिला रहा था, उसका इरादा था कि मीरा झुक जाए तो उसे फौरन बाँहों में भर ले, पर यहाँ तो बात अपने वश की रही ही नहीं।

इस प्रकार लगभग महीने भर यही क्रम चलता रहा। जोगी वासना के, ईर्ष्या के, कमतरी के गुबार में डूबता रहा। मीरा अपने सारे कार्य पूर्ववत् करती रही, पर कुछ दिनों से उसकी तबीयत गिरी-गिरी रहने लगी। गाँव में हल्ला मच गया कि जोगी के यहाँ खुशखबरी है। हालाँकि अब सदानंदजी ने स्वयं मीरा को आराम की सलाह दी, परंतु फिर भी वह रोज मंदिर जाती, वहाँ का सारा काम-काज निबटाती। जोगी अब अधिकतर मंदिर में ही पड़ा रहने लगा। सदानंदजी को चिंता हुई कि पुत्र को क्या हो गया है? सोचा कि कहीं वैरागी न हो जाए। इतनी सुंदर बहू पाकर भी चैन नहीं इसे। फिर सोचा कि नन्हा बालक हो जाएगा तो शायद उसकी प्रीत से संसारी बन जाए। इस तरह समय बीतता गया, मीरा की प्रसूति के दिन निकट थे। उसके पिताजी उसे लिवा ले गए। मायके में मीरा ने एक पुत्र को जन्म दिया। शामलालजी के घर में खुशियाँ-ही-खुशियाँ छा गईं, ढोलक बजने लगी। सदानंदजी के यहाँ भी खबर पहुँची, उन्होंने सारे गाँव में लड्डू बाँटे। भाजी, बच्चे के जोड़े और कई सौगातें लेकर जोगी के साथ जंधेड़ी जाने का कार्यक्रम बनाया; पर जोगी साफ नाट गया। बहुत

समझाया, रीति-रिवाजों की दुहाई दी, परंतु कुछ नहीं। हारकर सदानंदजी स्वयं ही सबकुछ लेकर समधी के घर पहुँचे। जोगी को साथ न पाकर मीरा दु:ख के सागर में डूब गई, क्या नहीं किया उसने इस निर्मोही के लिए? कच्ची उम्र में ही घरबार सँभाल लिया, सास-ससुर की सेवा करती है, उनके खानदान के लिए एक वारिस दिया, 'पर हे प्रभु! तुम्हारी लीला अपरंपार है। तुम्हीं बताओ, क्या मेरी भक्ति में खोट है या वो ही हरजाई है।' उसने कमर कस ली कि जोगी को राह पर लाकर ही दम लेगी। चालीस दिन बाद मीरा ससुराल आ गई। सास ने घर में गाना-बजाना रखा। पूरा गाँव उमड़ पड़ा। बच्चा होने के बाद मीरा और भी निखर गई थी, जहाँ देखो सब उसके रूप का बखान कर रहे थे। ऊपर से साल भर के भीतर ही कितना सलोना पुत्र दिया है। मंदिर में पड़े जोगी को कुछ सूझ नहीं रहा था, इतने में देखा कि बापू बच्चे को गोद में लिये मंदिर की ओर ही आ रहे हैं। पता नहीं क्यों, जोगी को लगा कि उसको फँसाने की चाल है ये! वह पिछवाड़े से भाग खड़ा हुआ। यह जानकर सब ठगे से रह गए, मीरा तो मानो पत्थर हो गई।

एक महीने तक जोगी नहीं लौटा। उधर मंदिर के बूढ़े पुजारी की मृत्यु हो गई और मंदिर की देखभाल करनेवाला कोई न रहा। मीरा जब भी मंदिर की ओर देखती, उसके हृदय में टीस सी उठती। एक दिन उसने निश्चय कर लिया कि मंदिर की देखभाल का कार्य स्वयं करेगी। सुबह-शाम नियमित रूप से ठाकुरजी के द्वार खुलने लगे, पूजा अर्चना होने लगी। हालाँकि कोई स्त्री पुजारिन नहीं बनती, पर गाँव में सबने एकमत से मीरा को पुजारिन मान लिया। शुरू-शुरू में गाँव के मनचले युवक केवल मीरा को देखने मंदिर आते, परंतु अप्रतिम सौंदर्य व चेहरे का पवित्र भाव देखकर सकपका जाते। मीरा घर और मंदिर का काम पूरी लगन से करती। साल भर जब जोगी नहीं लौटा तो दबी जबान से मीरा के लिए रिश्ते भी आने लगे; परंतु मीरा ने साफ इनकार कर दिया। उसके चेहरे के दर्प को देखकर फिर किसी ने साहस न किया।

जैसे-जैसे समय बीतता गया, मीरा की ख्याति बढ़ती गई। आस-पास के गाँवों से लोग मंदिर आने लगे, जब मीरा समाधि में बैठती तो संगमरमर की मूरत सी लगती, अब तो दु:ख-बीमारी में लोग मीरा के पास आने लगे। जिसके सिर पर हाथ रख देती वह धन्य हो जाता। पर मीरा के अपने दु:ख से तारनेवाला ईश्वर क्यों इतना कठोर हो गया, क्या पूर्वजन्म के पाप का फल भोग रही है तू मीरा! कभी-कभी मीरा चुपचाप आँसू बहाती, उस पत्थर-दिल से क्या कभी मिल पाएगी वह ? क्या अपना दु:ख बता पाएगी ? इस प्रकार पाँच साल बीत गए। मीरा का बेटा कार्तिक अब बड़ा प्यारा, मासूम बच्चा हो गया। गाँव के बच्चों से अलग ही लगता—बड़ा ही गंभीर और समझदार। कभी-कभी अपने बापू के बारे में पूछता तो सदानंदजी ठंडी साँस लेकर कहते, ''बेटा, तेरा बापू तो जोगी था, सो जोग ले लिया उसने।''

एक दिन लोगों ने देखा, दाढ़ी बढ़ाए एक साधु ने गाँव में प्रवेश किया। राजे ने पहचान लिया कि ये तो अपना जोगी है। सारे गाँव में शोर मच गया। शाम का समय था, मीरा मंदिर में जोत जलाने गई थी। सत्तो दूध गरम कर रही थी, खाना तो मीरा बना ही गई थी। हलका सा अँधेरा छाने लगा था। सदानंदजी घर के बाहर निकले, अचकचाकर जोगी को देखा, सत्तो भी शोर सुन बाहर आई, अपने पुत्र को देखकर उसकी आँखों से झर-झर अश्रु बहने लगे। सदानंदजी ने बिना किसी प्रतिक्रिया के पूछा, ''अंदर आओगे या केवल दर्शन देने आए हो।''

जोगी अपने बापू के गले लगकर हिचकियाँ लेकर रोने लगा। बोला, ''बापू, मैं बड़ा पापी हूँ, न कभी अपना कर्तव्य पूरा किया और अपनी पत्नी से डाह करके मैं भाग गया; पर बापू, मुझे कहीं भी शांति नहीं मिली। तुम साचते होगे कि मैं वैरागी हो गया, पर ना बापू, जब मन में अहम हो तो जोग कैसा ?''

सदानंदजी भी अपने बेटे के पश्चात्ताप पर आँसू बहाने लगे। बोले, ''पर बेटा, तूने उस सतवंती को दु:ख क्योंकर दिया, तू तो नाम का जोगी है; पर वह तो सचमुच ही जोगन बन गई।''

दोनों मंदिर की ओर चल पड़े। गाँव के बहुत लोग उनके पीछे-पीछे थे। मीरा समाधिस्थ बैठी थी, पास ही कार्तिक बैठा पत्थर पर चंदन घिस रहा था, सारा वातावरण अलौकिक था, सब चुपचाप बैठ गए। शाम की आरती का समय हो गया। मीरा ने आँखें खोलीं और सुंदर सधे स्वर में आरती गानी शुरू की। सब मंत्र-मुग्ध से बैठे रहे। आरती के बाद उसने सबको चरणामृत बाँटा, जोगी ने भी हाथ पसारे, बड़े निर्विकार भाव से उसने उसको भी चरणामृत दिया। चरणामृत लेकर सब अपने-अपने घर चले गए, मीरा ने लोटा उठाया, कार्तिक का हाथ पकड़ा और घर की ओर चल दी। पीछे-पीछे जोगी और सदानंदजी चले। घर पहुँचकर वह सीधी चौके में घुस गई। बाहर आँगन में सदानंद और जोगी ने खाना खाया। सबकुछ बदला सा लगा जोगी को, मीरा ने घूँघट करना बंद कर दिया था, केवल सिर ढकती थी। आँगन में पानी का नल लग गया था। कार्तिक भाग-भागकर रोटी खिला रहा था। जोगी बार-बार उसे गले लगा लेता, आँखों से टप-टप आँसू गिर रहे थे। कितना प्यारा है उसका बेटा? मीरा ने कितना तमीजदार बनाया है उसे? घर-आँगन पक्का बन गया था। मक्खन निकालने के लिए बिजली की मशीन रखी थी, घर में गोबरगैस का चूल्हा लग गया था।

आस-पड़ोस के लोग भी जमा हो गए थे। दुनिया-जहान की बातें होने लगीं। सदानंदजी ने पूछा, ''पर बेटा, ये पाँच साल तूने कैसे काटे? कहाँ रहा?''

जोगेश्वर ने ठंडी साँस ली, बोला, ''बस बापू, कोई ठौर-ठिकाना तो था नहीं, सो कई बाबाओं को सिद्ध समझकर साथ हो लिया; पर पाया कि वे तो आम निम्न आदमी से भी गिरे इनसान हैं। एक साधु बाबा मिले, जो सचमुच सिद्ध थे, पता नहीं कितनी उम्र होगी उनकी, उनके साथ हो लिया, घूमते-घामते हम हरिद्वार पहुँचे। धीरे-धीरे उन्हें मेरे बारे में सब पता चला तो उन्होंने मुझे बहुत धिक्कारा। बोले, 'बेटा, तू अपनी जिम्मेदारियों से भाग रहा है, तूने अपनी पत्नी से डाह किया है, अपने माँ-बाप की सेवा

न करके तू कहाँ शांति ढूँढ़ रहा है ? गृहस्थाश्रम में पुरुष और नारी दोनों ही एक समान हैं, दोनों साथ-साथ चलकर ही इसमें आनंद पा सकते हैं और दे सकते हैं। जा, तूने अपने परिवार को बहुत दुःख दिया है; लौटकर चला जा और क्षमा माँग उनसे।'' सारे गाँववासी भाव-विभोर हो गए। जोगी की आँखों में भी पश्चात्ताप के आँसू थे। धीरे-धीरे सब गाँववाले चले गए।

मीरा भी सब सुन रही थी। उसने चौके-चूल्हे का काम निबटाया। बिना भोजन किए सास-ससुर के लिए बिस्तर लगाने चली कि जोगी ने उसके हाथ से खाट ले ली। बोला, ''पहले तुम और अम्मा खाना खा लो, खाट मैं लगाऊँगा।'' कहकर उसने फुरती से आँगन में और अंदर खाटें बिछा दीं। कार्तिक अपने बापू की आपबीती सुनते-सुनते सो गया था। उसको उठाकर खाट पर सुलाया और उसका माथा चूमा।

मीरा सास-ससुर को दूध देकर जब कमरे में दूध लाई तो जोगी ने बढ़कर उसके दोनों हाथ थाम लिये, बोला, ''नाराज होने को पूरा हक है तुम्हें, दुःख-ही-दुःख दिया है मैंने, बदले में तुमने कभी प्रतिकार नहीं किया। आज ये गुनहगार तुमसे माफी माँगता है। घर-गृहस्थी का पालन करते हुए ही जो तप करे, वही सच्चा तपस्वी है।'' मीरा धीरे से उसके कंधे पर सिर रखकर रोने लगी। सारे गिले-शिकवे आँसुओं की धार में बह गए।

सुबह-सुबह जोगी जल्दी उठ गया। दाढ़ी बनाकर नहाया-धोया, फिर मीरा को जगाकर बोला, ''चल, जल्दी से जोत जला आ मंदिर में; मैं खेतों में पानी छोड़कर आया अभी।'' मीरा अलसाई सी उठी, नहाकर मंदिर की ओर चल दी। दूसरी ओर, हल लिये जोगी खेतों की ओर जा रहा था। सूर्य की सुनहरी किरणें मानो सुख के आगमन की सूचना दे रही थीं।

□

जादू

आज फिर शेखर ज्यों ही घर में घुसे, माधुरी बिफर उठी, ''देखो, अपने लाड़ले को, फिर टांसिल लेकर पड़ गया है, क्या करूँ मैं इसका, जरा भी कहना नहीं मानता! शाम के चार बजे ही लू में चुपचाप निकल लेता है।'' मीनाक्षी की आँखें भर आईं। जब देखो, बच्चे उसे तंग करते रहते हैं। दो बेटे हैं उनके—एक छह बरस का और दूसरा चार वर्ष का। दोनों बेहद शैतान, घर में सारे दिन या तो मजमा जुड़ा रहता है या फिर एक ही पल में घर से गायब। माधुरी ने अपना जॉब तक छोड़ दिया कि ये दोनों समझदार हो ज़ाएँ तो बाद में जॉब करना ही है। बच्चों को बड़ा होते देखने में जो आनंद है वह फिर कब नसीब होगा। पर तोबा-तोबा! जो माधुरी सारी कॉलोनी के बच्चों पर प्यार भरा अंकुश रखती थी, उसी माधुरी के बच्चे गजब के दंगाई हैं।

शेखर ने बड़े शांत होकर कहा, ''अरे, तुम चिंता मत किया करो, बारह वर्ष तक बच्चों के साथ यही सब चलता रहता है।''

''हाँ-हाँ, तुम्हें तो बच्चे पालने का बहुत तजुरबा है न!'' माधुरी ने मुँह बनाया और शेखर के लिए चाय बनाने चल दी। शेखर ने जाकर शातुन का माथा छुआ, तो मानो ताप से जल रहा था। सोनू शायद बाहर खेल रहा था। इसलिए इतनी उद्विग्न है माधुरी। बच्चों में तो मानो उसके प्राण बसे हैं। छींक भी आ जाए तो कारण ढूँढ़ने लगती है। अब तो शेखर

को चिंता हो चली। तभी माधुरी चाय लेकर आई, बोली, ''डॉक्टर शर्मा को बुला लिया था, उन्होंने दवाई तो दे दी है; पर सुनिए, क्या इतने छोटे बच्चे को इतनी हैवी डोज देनी चाहिए?'' शेखर क्या जवाब दे, सूझ नहीं रहा था, बोला, ''देखते हैं, अगर बुखार तेज है तो देनी ही पड़ेगी।'' क्या करें, दोनों पति-पत्नी गुमसुम हो गए। जो बच्चे ज्यादा शैतान होते हैं उन्हें आदत पड़ जाती है, चुप लेटे अच्छे नहीं लगते। शातुन ने आँखें खोलीं, बोला, ''पापाजी, सोनू भैया गंदा है। मुझे छोड़कर खेलने चला गया।''

''नहीं बेटा, भैया अभी आ जाएगा। उसे भी घर में सूनापन लगता होगा।'' शेखर ने बहलाया।

''हूँ, तो क्या टी.वी. नहीं देख सकता।'' शातुन ठिनका।

''अच्छा भई, बुला लेते हैं उसे।'' शेखर ने चाय खत्म की और सोनू को बुलाने चले।

घर से निकले, पहले पार्क में देखा, फिर चारों ओर नजर डालते आगे बढ़े तो क्या देखते हैं कि सोनू सस्ती आइसक्रीमवाले से आइसक्रीम लेकर खा रहा है। खूब मस्त है बिना किसी दुविधा के।

शेखर के काटो तो खून नहीं, पारा आसमान पर चढ़ गया। उधर छोटा भाई बुखार से तप रहा है और ये जनाब उसकी तैयारी में हैं। जोर से दहाड़े—''सोनू!''

सोनू ने ज्यों ही पापा को देखा, फौरन वहाँ से भागा; पर बच्चू ने आइसक्रीम नहीं छोड़ी। शेखर उसके पीछे और एक चाँटा गालों पर रसीद कर दिया। चारों उँगलियाँ सोनू के गोरे-गोरे गालों पर उभर आईं और सोनू बुरी तरह से बिल-बिलाकर रोने लगा। अचानक यही दृश्य पच्चीस साल पुराना होकर शेखर के जिहन में घूम गया। शेखर मानो जड़ हो गए। उन्होंने लपककर सोनू को गोद में उठा लिया। उसके दूसरे गाल को प्यार से छूते हुए बोले, ''बेटा, ये गंदी आइसक्रीम क्यों खा रहे हो। पता है, शातुन इतने तेज बुखार में पड़ा है, अगर तुम्हें भी कुछ हो गया तो हम कैसे सँभालेंगे तुम्हें?''

घर में घुसते ही माधुरी ने उसके गाल पर उँगलियाँ देखीं तो प्रश्न भरी आँखों से शेखर की ओर देखा। शेखर चुप रहे, बोले, ''इसी से पूछो।''

सोनू उतरकर माँ के पल्लू में सिर छुपाकर रोता रहा।

स्थिति नाजुक देख माधुरी भी चुप रही। जब दोनों बच्चे खा-पीकर सो गए तो शेखर ने बताया कि सोनू गंदीवाली आइसक्रीम खा रहा था, सो वह आपा खो बैठा। माधुरी बोली, ''अच्छा किया जो आपने मारा उसे, अब आगे से बाज आएँगे। ये बीमार हों तो कलेजा मुँह को आया रहता है। कितनी सारी चीजें घर में बनाती हूँ, जब भी बाजार जाते हैं क्वालिटी या बाडीलाल की आइसक्रीम खिलाते हैं, फिर भी सड़ी हुई आइसक्रीम में पता नहीं क्या जादू है।'' यह कहते माधुरी को अपना बचपन याद आया, जब वह छुप-छुपकर लोहे के साँचेवाली लंबी-सी कुल्फी खाया करती थी। एक बार माँ ने पकड़कर बहुत पिटाई की थी, फिर भी उस कुल्फी का जादू चढ़ा ही रहा सिर पर। अम्मा पता नहीं कभी आम की, कभी केसर की कुल्फी बनातीं, पर उसमें वो वाली बात कहाँ! सोचकर माधुरी ने ऐसा मुँह बनाया कि शेखर और माधुरी दोनों मानो चोरी करते पकड़े गए हों, दोनों हँसने लगे। बचपन होता ही है—अनजान, बावला, भोला।

□

परायी

घर में सब पंडितजी को अपना हाथ दिखा रहे थे। रोमा, वीना, दीदी, यहाँ तक कि बुअरा भी। तभी दस वर्षीय नीतू अचानक उछलती-कूदती वहाँ आ पहुँची।

''अम्मा, हम भी हाथ दिखाएँगे।''

अम्मा सुपारी काटते हँस पड़ीं।

''अरी निन्नो, तुझे भी जल्दी है क्या ससुराल जाने की! ये जो तेरी दीदी हैं दोनों तड़प रही हैं ब्याह कराने को। तभी देखो जब-तब हाथ दिखाने को बैठ जाती हैं।''

नीतू चिल्ला-चिल्लाकर रोने लगी।

''नहीं, हम कहीं नहीं जाएँगे, अम्मा, हम ससुराल नहीं जाएँगे। हम गंदे पंडितजी को हाथ नहीं दिखाएँगे।''

''छिह, गंदी बात! पंडितजी से माफी माँगो।'' अम्मा गुस्सा हो गईं।

''तो, आपने ऐसा क्यों कहा? आप पहले माफी माँगो।'' नीतू अब भी बिफरी पड़ रही थी।

''अच्छा मेरी लाडो, आगे से ऐसा नहीं कहूँगी।'' कहकर अम्मा ने नीतू को अपनी ओर खींचकर गले लगा लिया।

''वाह अम्मा! ये बढ़िया रहा, इसे बिगाड़ देना पूरी तरह से, खुद तो माफी माँग ली और बिल्लो रानी ने पंडितजी से माफी नहीं माँगी।'' रोमा

दीदी गुस्से में बोलीं, ''जाओ, नहीं मागते।'' मुँह बिराकर नीतू बाहर भाग गई।

''देखो अम्मा, अब ये पिट जाएगी।'' कहकर रोमा उसके पीछे भागी।

''अरी जाने दे, बच्ची है अभी, कहाँ अकल है इसे!'' अम्मा ने टालना चाहा।

''देखो अम्मा, ये अच्छी बात नहीं। बहुत सिर चढ़ गई है, छोटी है तो तमीज से रहे।'' वीना दीदी भी चुप न रह सकीं।

आखिर पंडितजी ने मध्यस्थता की, तब जाकर मामला ठंडा हुआ। परंतु सबकी एक राय यही बनी कि अम्मा ने नीतू को जरूरत से ज्यादा सिर चढ़ा लिया है।

शाम को फिर खाने के समय जब डॉक्टर उज्ज्वल राय मय अपने परिवार के साथ खाने को बैठे। रोमा ने जीतू की शिकायत की। इस पर डॉक्टर साहब हँसे और नीतू को चिढ़ाने के वास्ते बोले, ''लड़कियाँ तो पराया धन होती ही हैं, आज नहीं तो कल सबको जाना है, तो इस पर हमारी नीतू बिटिया इतनी गुस्सा क्यों हो गई।''

''देखो ताजी (पिताजी का लघु), आप भी ऐसे कहेंगे तो हमारी आपसे कट्टी।'' नीतू रोनियाई हो गई।

''अरे नहीं मेरी बिटिया, तू हमेशा हमारे पास रहना। तुझे कभी अपने से अलग नहीं करेंगे।'' कहकर डॉक्टर साहब ने नीतू को मना लिया।

अम्मा सोचने लगीं, पता नहीं किसका खून है। ये कहाँ से हमारे पास आई है! उन्हें वह दिन याद आने लगा जब घर के कूड़े के पास एक नवजात शिशु सफेद दुपट्टे में लिपटा पड़ा था। लगता था, किसी कुँवारी माँ ने अपने कलंक को छिपाने के लिए उसे वहाँ डाल दिया। चंदन-सी काया, बड़ी-बड़ी आँखें, इतनी सुंदर चितवन कि अम्मा देखती ही रह गई थीं। कितना कठोर लगा उस माँ का दिल या कैसी भयानक मजबूरी रही होगी कि ऐसी फूल-सी बच्ची को फेंक दिया। अम्मा उसे उठाकर घर ले

आईं। रोमा व वीना ननिहाल गई हुई थीं, उत्पल हॉस्टल में था। बच्चों की तरह पालेगी, वह अपने ही खानदान की बेटी है। रीमा और वीना तो आठ-नौ वर्ष की थीं, उन्हें जो बता दिया, समझ गई; परंतु उत्पल क्योंकि पंद्रह वर्ष का था, उसे सच बता दिया। घर में पैसे-लत्ते की भरमार थी, खानदानी डॉक्टर थे कई पीढ़ियों से, सो बच्चों के बीच नीतू भी पलने लगी; पर अन्य बच्चों की तरह नहीं, उनसे ज्यादा लाड़-प्यार से। अम्मा के पास प्यार का भंडार जो अपार था।

मजाल कि कोई नीतू के बारे में कुछ पूछे, अम्मा को जान से भी प्यारी थी नीतू। एक बार तेल लगाकर नाइन ने नीतू को धूप में लिटा दिया। उधर, पानी गरम कर बाथरूम में नहलाने की तैयारी कर रही थी कि एक बड़ी मोटी-सी बँदरिया आई और दो महीने की नीतू को उठाकर पेड़ पर बैठ गई। सबको काटो तो खून नहीं। अम्मा ने सबको हिदायत दी कि कुछ न करें, अगर बँदरिया ने उसे हाथ से छोड़ दिया तो न जाने बिटिया का क्या होगा! फिर अम्मा ने हिम्मत की और पेड़ के नीचे चार पराँठे रखे। बँदरिया चुपचाप देखती रही। सब तो सशंकित हो चले कि पता नहीं क्या हो कि अम्मा ने झट से हलवा बनाया और पराँठों के साथ रखा। तब बँदरिया ने बड़े ध्यान से नीतू को लाकर नीचे रखा और दो पराँठे व हलवा खाकर चली गई।

उस दिन अम्मा ने जैसे रो-रोकर नीतू की बलाएँ लीं। सबने दाँतों तले उँगली दबा ली।

उन्हीं हनुमानजी के आशीर्वाद के फलस्वरूप नीतू ने भी अपने पिताजी की तरह डॉक्टरी की। डॉ. उत्पल के साथ मिलकर डॉ. उज्ज्वल राय ने अपना खूब शानदार नर्सिंग होम खोला। डॉ. नीता राय, डॉ. उत्पल राय व डॉ. उज्ज्वल राय का नर्सिंग होम खूब जोरों से चल निकला। नीतू अब छब्बीस साल की हो गई। अम्मा ने अपनी दोनों बेटियाँ बी.ए. करते न करते ब्याह दी थीं। वे तो अब अपने बाल-गोपाल के साथ अपनी गृहस्थी में व्यस्त थीं। नीतू की चिंता उन्हें खाए रहती, हाय राम!

अब तो छब्बीस की हो गई। उत्पल की भी गृहस्थी बसी थी, उसके बच्चे भी बड़े होने लगे थे; पर एक नीतू ही ऐसी कि ब्याह का नाम लेते ही उखड़ जाती।

खानदानी पंडितजी तो भगवान् को प्यारे हो चुके थे, सो एक नामी-गिरामी पंडितजी को अम्मा ने मथुरा से बुलवाया था। अपनी बिटिया की जन्मपत्री तो न बन सकी, पर हाथ देख लें तो बताएँ कि कब अपने घर जाएगी। ''भाभी, ये क्या तमाशा है? मैं नहीं दिखाती अपना हाथ-वाथ।'' अंदर नीतू अपनी भाभी पर उबल रही थी।

नीतू रचिता भाभी से बहुत छोटी थी। रचिता भाभी को पता भी न था कि नीतू सगी ननद नहीं है। इतनी छोटी होने पर भी नीतू से सब डरते।

'' 'बीबी' मेरी रानी, अम्मा का दिल रखने को दिखा दो। अब माँ के लिए इतना भी नहीं करोगी?'' मनुहार भाभी ने की।

''अम्मा के लिए तो जान भी दे दूँ, इस मरे पंडित की क्या बिसात। चलो देखें, क्या बताते हैं महाराज।'' अचानक नीतू उत्तेजित हो गई।

पंडितजी ने हाथ देखा, कुछ कसमसाए, फिर बोले, ''बिटिया, जरा जल तो लाना।''

नीतू पानी लेने गई तो पंडितजी मानो फुसफुसाकर बोले, ''बिटिया के हाथ में अपने घर का सुख नहीं है।''

''क्या मतलब।'' अम्मा चौंकीं।

''मतलब ये कि बिटिया की रेखाएँ स्पष्ट बता रही हैं कि उन्हें अपने माँ-बाप का सुख प्राप्त नहीं होगा।'' पंडितजी ने समझाया।

इतने में नीतू आ गई, अम्मा सकपका गईं। बोलीं, ''ठीक है पंडितजी, ये बताओ कि शादी-ब्याह का योग कब का है?''

''डॉक्टरनी साहिबा, अपने घर का सुख न सही, दूसरे घर में बिटिया राज करेगी।''

'' 'अपने घर का सुख नहीं' का क्या मतलब? यहाँ क्या मुझसे दिहाड़ी कराते हैं, जो दूसरे के घर में जाके राज करूँगी।'' नीतू गुस्से के

मारे फट पड़ी। भाभी चुपचाप उसे अंदर ले गईं। पंडितजी को जैसे-तैसे विदा किया गया।

''लुक एट हिज गट्स'' नीतू भाभी के सामने बरस पड़ी, ''अरे, मेरी अम्मा ने जैसे मुझे राज कराए हैं, और कोई माँ का लाल क्या कराएगा? बात करता है 'अपने घर का सुख नहीं', हाँ, तो क्या ये किसी पराए का घर है? जी कर रहा था मुँह नोच लूँ पाखंडी का।''

रचिता भी बड़ी चकित थी। जब से वह इस घर में आई थी, नीतू कितने लाड़-प्यार से पल रही है, देखा ही था उसने।

अम्मा सब सुन रही थीं, कैसे बताएँ इस बावली को कि पराया घर ही तो है ये, अपनी माँ ने तो कूड़े पर फेंक दिया था। इसके बाद अम्मा ने किसी ज्योतिषी को नहीं बुलाया। कई लड़कों के शादी के प्रस्ताव आए, पर नीतू अम्मा को छोड़ने को तैयार न हुई।

अम्मा-पिताजी की शादी की पचासवीं सालगिरह है। सब पोते-नाती उनकी गोल्डन जुबली मनाने जा रहे हैं। आयोजन कैसे होगा, कौन-कौन आएगा सबकी लिस्ट बनाई है। भाग-दौड़ में लगी हुई है। बत्तीस-तैंतीस वर्ष की होने पर भी उसका लावण्य कम नहीं हुआ। सारे घर में अलग ही लगती है, इतना सुंदर तो सारे खानदान में काई नहीं।

नीतू अंदर कमरे में अम्मा को सजाने में लगी थी, ''हाय अम्मा, आप तो नवेली दुलहन सी लग रही हो!''

''मेरी बेटी, तूने तो मुझे दुलहन के रूप में देख लिया। और मैं तेरा ये रूप देखे बिना ही ऊपर चली जाऊँगी क्या?'' कहकर अम्मा फफककर रो पड़ीं।

रीमा और वीना भी वहीं थीं, माँ को रोते देख नीतू हहाकर रोने लगी। रीमा और वीना की आँखों में पानी आ गया। दोनों को उन्होंने दौड़कर गले लगा लिया। मेहमान आने लगे थे, सबने अपने को संयत किया और बाहर आकर मेहमानों की अगवानी करने लगीं।

सुंदर तरीके से सब कारज संपन्न हुआ। मेहमान चले गए। सारा

परिवार बड़े दिनों बाद इकट्ठा हुआ। बच्चे तो गद्दों पर पसरकर सो गए थे। अचानक डॉ. सौरभ की चर्चा होने लगी। अमेरिका से करीब दस साल बाद लौटे थे । उन्हें भी अपने भारत से अच्छा देश जहाँ में कोई नहीं लगा। अब डॉ. उत्पल राय के साथ पार्टनरशिप में नर्सिंग होम से जुड़ेंगे। बड़े-बड़े प्लान बन रहे थे। नई से नई मशीनें एम.आर.आई., कैट स्कैन की लगेंगी। करोड़ों रुपए की लागत से अस्पताल एकदम नया हो जाएगा। डॉ. सौरभ करीब पैंतीस-छत्तीस वर्ष के होंगे, पर बड़े चुस्त और आकर्षक लगते हैं।

''देख नीतू, इससे अच्छा मैच नहीं मिलेगा तुझे! घर की घर में भी रहेगी और अम्मा भी जिम्मेदारी से मुक्त होंगी।'' रीमा ने साफ-साफ नीतू को कहा। अम्मा के आँसुओं से व्यथित हो गई थी नीतू, नहीं तो काटने को दौड़ती, चुप बैठी रही यानी कि मौन स्वीकृति।

अम्मा ने चैन की साँस ली।

उत्पल ने कुछ कहना चाहा तो नीतू बोल पड़ी, ''मैं वह धान फेंकनेवाली रस्म नहीं करूँगी, अम्मा। मैं कभी परायी नहीं होऊँगी, समझ लो बस!'' और पैर पटकती हुई अंदर चली गई।

''अरी, धान फेंकने से पराया हुआ है कभी कोई?'' कहकर अम्मा नीतू के पीछे-पीछे गईं। उसका आँसुओं से भरा चेहरा हाथ में लेकर बोलीं, ''तेरा-मेरा आत्मा-परमात्मा का साथ है। चल बिस्तर लगा, आज मैं और तू रात भर बतियावेंगी।'' सारा परिवार एक तरफ, कृष्ण की यशोदा माँ एक तरफ। ईश्वर भी अपनी लीला पर भ्रमित हो रहे थे।

□

अनोखा प्रस्ताव

पापा के अभिन्न मित्र सिन्हा चाचाजी बंबई में ३५ साल से रह रहे थे, परंतु फैजाबाद के गुण गाते-गाते थकते नहीं थे। जब देखो, 'अरे, इस मिठाई में फैजाबादवाली बात कहाँ? वहाँ पर 'साकेत' वाला इतनी बढ़िया इमरती बनाता है कि उँगलियाँ चाटते रह जाओ। पान, अरे पान तो बस स्टैंडवाला बनाता है, बस मुँह में डालते ही घुल जाए।' ऐसे जुमले सुनने के हम आदी हो गए थे। उनके बेटे कुमार की शादी तय हुई तो उनके परिवार की परंपरा के मुताबिक फैजाबाद में ही होनी तय थी, चूँकि पैतृक मकान व चाचाजी के माता-पिता वहीं पर रहते थे। बड़ी अच्छी वकालत चलती थी उनकी। खैर, फैजाबाद के इतने बखान सुने थे कि मैं और मेरी बहन मीना फौरन शादी में जाने की तैयारी करने लगीं। हम दोनों बहनें बड़ी खुश थीं कि विधिवत् सारे रस्म-रिवाजों की शादी देखने को मिलेगी और फैजाबाद का आकर्षण तो था ही। चाचाजी की बेटी शीला के साथ जाना तय हुआ। बाकी लोग पहले ही चले गए। बंबई से फैजाबाद की गाड़ी को शायद 'साकेत एक्सप्रेस' कहते थे। गाड़ी बड़ी खटारा थी। पूरे दो रात और एक दिन में खचर-खचर हमें फैजाबाद पहुँचाया उसने। स्टेशन पर ताऊजी आए हुए थे। गाड़ी में लद-फँदकर चले तो बड़ा ही मामूली शहर लगा और वह बस स्टैंड रास्ते में पड़ा। इतनी रद्दी जगह भला कोई बढ़िया रसीला पान बना सकता है। चौक से थोड़ी दूर आगे जाकर 'सिन्हास' की

कोठी थी। उसी लाइन में लगभग एक ही जैसी तीन-चार कोठियाँ और थीं। अचानक हम दोनों बहनों की नजर एक ही ओर टिक गई। मेरी मजाक की आदत है, सो मैंने कहा, ''अरे, ये 'गुदड़ी में लाल' कहाँ से आ गया?'' शीला बोली, ''चुप रह यार, ये हमारा पड़ोसी है, नरेन। छह बहनों के बाद जब ये हुआ तो पापा बताते हैं कि घंटों तक पटाखे छूटते रहे थे। जनाब को राइफल की सलामी दी गई थी।''

''अरे, बंबई में होता तो प्रोड्यूसरों की लाइन लगी रहती।'' मैंने पुनः मजाक किया।

खैर, जनाब नरेन ने हमें खुसफुस करते देखा तो तेजी से आया और सामान उतरवाने में मदद करने लगा। पास से तो और भी गजब लग रहा था। अंदर जाकर शीला बोली, ''पता है, फैजाबाद की सारी लड़कियाँ दीवानी हैं इसपर। लाखों रुपए हाथ में लिये लड़कीवाले इसके दरवाजे पर खड़े रहते हैं। मैडम, जरा दिल सँभालकर रखना।''

फैजाबाद में कुल मिलाकर चार दिन रहे होंगे, बहुत ही मजा आया। शादी का माहौल, नरेन की हाजिरजवाबी और चुहल से हम लड़कियाँ बिछ-बिछ गईं। चूँकि हम बंबई के थे, इसलिए हमें विशेष भाव मिला। जिस दिन जयमाल थी, मैं सज-धजकर बाहर निकली तो अचानक सामने नरेन को पाकर सकपका गई। वह भी कम नहीं था, बोला, ''अरे भई, ब्यूटी कंप्टीशन हो रहा है, बंबई की ब्यूटी क्वीन आई है। हिम्मत है किसी में कि आए मुकाबले में।'' मैं पानी-पानी होकर अंदर भाग गई। वे दिन हमें दिवास्वप्न की भाँति लगे और उन्हीं सपनों में तैरती-उतराती हम बहनें वापस बंबई लौट आईं। फैजाबाद की हमें बस एक ही चीज अच्छी लगी, वह हैं 'नरेन बाबू', ये सुनकर चाचाजी हम पर बड़े खफा हुए और बेशर्म लड़कियों की ओर मुखातिब भी न हुए।

फिर हम पढ़ाई-लिखाई में लग गए। मेरा बी.ए. प्रीवियस था, मीना ग्यारहवीं में थी। समय यूँ ही गुजरता चला गया। एक दिन शीला आई और बोली, ''अरे, वह हमारा फैजाबादवाला पड़ोसी है न?'' मैंने कहा,

‘‘हाँ-हाँ, वही ‘फैजाबाद की शान’, क्या हुआ उसे, कहीं बंबई के किसी प्रोड्यूसर ने पकड़ तो नहीं लिया उसे?’’

शीला बोली, ‘‘नहीं रे, बेचारे का बहुत मेजर एक्सीडेंट हो गया। मोटर साइकिल से लखनऊ जा रहा था। बाराबंकी के पास कोई टेंपो धक्का देकर भाग गया। उसकी बाईं टाँग बुरी तरह से कुचल गई थी। किसी तरह से अपने ऊपर से मोटर साइकिल को हटाया, लिफ्ट माँगी व गाड़ी से लखनऊ हॉस्पिटल पहुँचकर अपना पता व फोन नंबर डॉक्टर को देने के बाद बेहोश हुआ। डॉक्टरों ने बहुत कोशिश की, परंतु अब जिंदगी भर बेचारे को लाठी लेकर ही चलना पड़ेगा। परंतु हिम्मत देखो उसकी, इस दौरान उसने न तो एक आँसू बहाया और न ही हिम्मत हारी। भई, ‘हेड्स ऑफ टू हिम’।’’

शीला की बातों से इतना अवश्य पता चल गया कि नरेन बाबू चाहे बिलकुल भी विचलित न हुए हों, परंतु लड़कीवाले अवश्य विचलित हो गए हैं; क्योंकि शीला के लिए चाचाजी एड़ी-चोटी का जोर लगा रहे थे। पैसा, गहना, रुतबा सबका नरेन के पिता को प्रलोभन दिया जा रहा था कि अचानक इस मामले में चुप्पी साध ली गई। समय कहाँ रुकता है। धीरे-धीरे तीन साल बीत गए, नरेन के बारे में मैं शीला से पूछती रहती। मेरा मन करता कि जाकर उससे मिलूँ, पर किस बहाने? पता चला कि एक्सीडेंट के बाद नरेन की किसमत का सितारा चमकने लगा। उसकी वकालत जोरों से चलने लगी है। लक्ष्मी उसके कदम चूमती है। लड़कीवाले जो अचानक मुँह छिपाकर बैठ गए थे, फिर से यह सोचकर कि लँगड़ा है तो क्या हुआ, कमाऊ तो है, रिश्ते भेजने शुरू कर दिए; परंतु नरेन ने शादी के लिए हाँ की ही नहीं। मेरा एम.ए. फाइनल हो गया, शीला ने भी एम.एस.-सी. करके कॉलेज में लेक्चरर की नौकरी कर ली। तब उसकी शादी बंबई के ही एक इंजीनियर से तय हो गई और फिर से फैजाबाद जाने की तैयारी शुरू हो गई। चाचाजी ने लड़केवालों को पहले ही बता दिया कि शादी होगी तो फैजाबाद में ही, क्योंकि हमारे माता-पिता नहीं हैं और यही

हमारी परंपरा है। लड़केवाले मान गए और हमें फिर मौका मिला फैजाबाद जाने का। इस बार मीना का बी.ए. फाइनल था, इसलिए वो तो न आ सकी; परंतु मम्मी-पापा साथ गए। शीला व चाचीजी का परिवार पंद्रह दिन पहले ही चला गया था।

इस बार हम पुष्पक एक्सप्रेस से पहले लखनऊ पहुँचे, फिर टैक्सी से फैजाबाद जाने के लिए टैक्सी स्टैंड पर खड़े थे कि मैंने देखा—कुछ दूरी पर नरेन खड़ा किसी टैक्सीवाले से बात कर रहा है। चेहरे पर वही तेज है, हाथ में लाठी है। मेरा मन कच्चा-सा होने लगा, ऐसा लगा कि फूट-फूटकर रोने लगूँ। तभी देखा, नरेन टैक्सी में बैठ रहा है। मैंने आव देखा न ताव, 'अभी आई मम्मी' कहकर उस टैक्सी की ओर भागी, दरवाजा खोलकर भरी आवाज में बोली, "पहचाना?" उसने अचकचाकर मेरी ओर देखा, तीन साल के अंतराल के बाद, बोला, "अरे, वही ब्यूटी क्वीन बंबईवाली।" बस मेरे धैर्य का बाँध टूट पड़ा। उसका हाथ अपने हाथ में लेकर फूट-फूटकर रोने लगी, पता नहीं क्या 'टेलीपैथी' थी। नरेन की आँखों से भी टप-टप आँसू गिरने लगे, जिसने टाँग पूरी कुचल जाने के बादजूद जमाने के अनोखे रंग देखने के बाद भी एक आँसू न बहाया था, वह मेरे हाथ का सांत्वना भरा स्पर्श पाकर मेरे गरम आसुओं की आँच से पिघल गया। अचानक देखा, टैक्सी के बाहर मम्मी-पापा असमंजस में खड़े हैं। मैं बाहर निकली और नरेन से उनका परिचय करवाया। चूँकि मंजिल एक ही थी, अतः हम चारों एक ही टैक्सी में फैजाबाद की ओर रवाना हुए। पापा व नरेन रास्ते में काफी बातचीत करते रहे राजनीति की, वकालत की; पर मैं तो अपने विचारों में खोई थी। मेरा मन कर रहा था कि नरेन से पूछूँ कि नरेन, इन तीन सालों में उसपर क्या-क्या गुजरी, एक-एक बात मुझे बताए, अपने दिल का सारा बोझ हलका कर ले; पर डर भी लग रहा था कि ये क्या बचपना किया मैंने, यूँ ही हाथ पकड़कर रोने लगी, पता नहीं क्या सोचता होगा। खैर, तीन घंटे में फैजाबाद आ गया। इस बार यह शहर मुझे बहुत ही सुंदर लगा। आज मुझे पता चला कि

चाचाजी इस शहर का इतना गुणगान क्यों करते हैं। जिनके अपने प्रियजन जहाँ रहते हैं वही जन्नत लगने लगती है। आज बहुत दिनों बाद, जिसने कभी मेरे दिल के कोने को गुदगुदाया था, जाने क्यों पूरे हृदय पर अधिकार जमाए जा रहा था।

कब घर आ गया, पता ही नहीं चला। वहाँ पहुँचकर सब लोग शादी के काम-काज में बहुत व्यस्त हो गए, एक तो लड़की की शादी, सारी बरात वहीं पहुँची थी, दूसरे चाचाजी की झक कि सब काम-काज रीति-रिवाज से होंगे, अतः किसी को होश ही नहीं रहा। शीला जब विदा होने लगी, किसी को रोना ही नहीं आ रहा था, पता था कि वापस बंबई में जाकर साथ मिलते ही रहना है, तभी नरेन ने मेरे पीछे कान में चुपके से कहा, ''ओ मेरी ब्यूटी क्वीन, रोओगी नहीं? सहेली से बिछड़ रही हो, कहाँ वो बंबई में और कहाँ तुम यहाँ फैजाबाद में रहोगी!'' नरेन के इस अनोखे प्रस्ताव से मेरी टाँगें थरथर काँपने लगीं। मैं भागकर कमरे में चली गई और खुशी के आँसू मानो बाँध तोड़कर बहने लगे। पीछे-पीछे मम्मी आईं, बोलीं, ''अरे बेटी, हम तो उसी दिन पहचान गए थे कि तुझे नरेन पसंद है, क्यों न हो, हमारी बेटी की पसंद ही बेमिसाल है। तभी तेरे पापा ने नरेन के पिता से बात कर ली है। हमें तुम्हारी पसंद व समझ पर नाज है, बेटी। नरेंद्र ने भी फौरन 'हाँ' कर दी है।'' मैंने शरमाकर मुँह छिपा लिया, भला 'हाँ' क्यों न करता! मेरे उन आँसुओं ने अपना संदेश तो टैक्सी में ही उस तक पहुँचा दिया था।

□

औलाद

मियाँ सआदत अली खान रामपुर के नवाबी खानदान से थे। अब्बा हुजूर की जमीन-जायदाद तो थी ही, उसपर खान साहब खूब पढ़े-लिखे और जनाब अंग्रेजों के जमाने में पी.सी.एस. अधिकारी हो गए। अंग्रेजों के राज में अफसरों की बड़ी शान थी, राजाओं की तरह रहते और उनकी हुकूमत में अपने देश के बाशिंदों पर हुक्म चलाते।

खान साहब बड़े शौकीन तबीयत के थे। शानदार दावतें देना, अंग्रेज हाकिमों को बुलाने का उन्हें विशेष शौक था। ऐसी शानदार दावतें दिया करते कि सब उँगली चाटते रह जाते। दावतों की तैयारी चार-पाँच दिन पहले से शुरू हो जाती —जहाँगीरी सालन, नूरजहाँनी चिकन, लहसुन की खीर और पचासों आइटम। उनके लिए केसर, मलाई और न जाने कितने खुशबूदार मसाले जगह-जगह से मँगाए जाते, खानसामे दिन-रात लगे रहते। उनकी बेगम आशना भी बड़े नवाबी खानदान की थीं; जबरदस्त पर्दानशीन, घर पर भी उनका आँचल कभी भी सिर से न उतरता। निकाह से पहले चूँकि खान साहब ने इसरार किया था कि वे लड़की को जरूर देखेंगे वरना निकाह न करेंगे, तब जाकर एक झलक भर दिखाई गई थी। खैर, उसी से नवाब साहब चित्त हो गए और फौरन हामी भर दी। बेगम साहिबा को इन पार्टियों से कोई गुरेज न था, परंतु तोबा-तोबा इन पार्टियों में शरीक होना उन्हें गवारा न था। उन्होंने पहले ही खान साहब को कह

दिया था कि वे एक से एक बेहतरीन खाना बनाएँगी, पर इन फिरंगियों के सामने न आएँगी। इन मुओं का क्या भरोसा, खाना लजीज लगा तो कहीं हाथ ही न चूमने लगें और इनकी मेमें तो, या खुदा, बेहयायी की जीती-जागती मिसाल हैं, इतने सारे मरदूदों के सामने सीना ताने घूमती हैं—ना शर्म, ना लिहाज। हाथ में हाथ डाले, गले में गलबहियाँ तोबा-तोबा! खान साहब अपनी बेगम की तकरीर सुनकर खूब हँसते, पर यकीनन उन्होंने कभी भी बेगम साहिब को परदे से बाहर आने को नहीं कहा। उनके घर में सबको अपने तरह से रहने की आजादी थी, अगर बेगम साहिबा नहीं आना चाहतीं परदे से बाहर तो कोई बात नहीं। परंतु उनकी दिली इच्छा थी कि इस मुल्क के लोग अपने दकियानूसी रवैए को छोड़ें और अपनी संकुचित मानसिकता से बाहर निकलें। अंग्रेज बुद्धिमान् तो हैं ही, वे अपने खुले विचार एवं कूपमंडूक न होने के कारण सारी दुनिया पर राज कर रहे हैं। ये अंग्रेज ईस्ट इंडिया कंपनी बनाकर हिंदुस्तान में ट्रेडिंग करने आए थे। कंपनी के सहारे मल्लिका विक्टोरिया की हुकूमत आई, जो अब इतनी बड़ी रियाया पर राज कर रही है। यहीं क्या, पूरे संसार में इनका सिक्का चलता है।

वे चाहते थे कि एक बढ़िया अंग्रेजी स्कूल खोला जाए, जिसमें कॉन्वेंट स्कूल के टक्कर की पढ़ाई हो, वैसा ही माहौल हो, लड़कियों का सेशन सुबह को व लड़कों के लिए शाम का सेशन हो। हमारे भारतीय बच्चे जब अंग्रेजी साहित्य पढ़ेंगे, उनकी भाषा के माध्यम से वे इस दुनिया-जहान में क्या हो रहा है जानेंगे, तभी न इन्हें इस संसार को जीतने की इच्छा होगी।

खान साहब ने बड़े उत्साहित होकर अपने एक अंग्रेजी मित्र, एक फादर और दो-चार अफसर मित्रों के साथ बैठकर एक अंग्रेजी स्कूल का खाका तैयार किया। उसमें किस-किस प्रकार की सुविधाएँ होंगी, क्या खुसूसियत होगी, इन सबका ध्यान रखकर एक योजना का प्रारूप बनाया, जिसमें लड़के एवं लड़कियों के अलग-अलग हॉस्टल, पढ़ाने

के लिए स्टाफ, खर्च आदि का तखमीना बनाया और काम शुरू कर दिया। अंग्रेजी स्कूल के लिए फंड आदि की कमी न रही, खान साहब ने स्वयं ही इसमें अपनी जमीन व पैसा देने में कोई कसर नहीं छोड़ी। स्कूल की इमारत बनकर खड़ी हो गई। पर खुदा को शायद कुछ और ही मंजूर था। उसी समय खान साहब का तबादला हो गया। उस वक्त बेगम साहिबा पाँचवीं बार उम्मीद से थीं, जब भी खान साहब अपनी बेगम को अपने इस सपने के बारे में बताते वे उनकी बड़ी हौसला अफजाई करतीं। कहतीं, ''हम तो तालीम हासिल न कर पाए, पर हमारी जुस्तजू यही है कि हमारी सलमा और आयशा आपके स्कूल में ही अव्वल तालीम हासिल करें।'' खान साहब के दो बेटे तो कॉन्वेंट में पढ़ते थे, परंतु बेटियाँ अभी छोटी थीं। चूँकि खान साहब रामपुर के ही थे, पैतृक जमीन-जायदाद वहीं पर थी और खुदा की नेमत वहीं पर नौ-दस साल से तैनात थे, अतः तबादला रुकवाने की कोई वजह नहीं थी। स्कूल की योजना जरूर खटाई में पड़ती नजर आई। अपने मित्रों व फादर को स्कूल का काम सौंपकर खान साहब नई पोस्टिंग पर चले गए। बहरहाल, स्कूल खुला भी 'खान पब्लिक स्कूल' के नाम से। परंतु एक तो छोटी जगह, दूसरे मित्र भी इधर-उधर हो गए, सो बस बीस-तीस अफसरों के बच्चों ने दाखिला लिया।

आजादी भारत के द्वार पर दस्तक दे रही थी। आम लोग अपने बच्चों को हिंदी स्कूल में ही पढ़ाना चाहते थे। सब कहते थे कि आजादी के बाद हिंदी का ही बोलबाला होगा, हिंदी राष्ट्रभाषा बनेगी। आजादी का जश्न रामपुर भी पहुँचा, छोटी जगह थी, खान साहब का स्कूल बंद हो गया। आशना बेगम ने तो तभी अपनी पाँचवीं औलाद को जन्म दिया, जिसका नाम रखा गया तालीम खान।

खान साहब इसके बाद बड़े मसरूफ हो गए, आजादी का वक्त था, दंगे-फसाद और कानून व्यवस्था में। वे अपने स्कूल के बारे में बिलकुल भूल गए। उनके चारों बच्चे कॉन्वेंट स्कूल में पढ़े और बड़े जहीन निकले।

पर खुदा जाने, बच्चों ने क्या पढ़ाई की, उनमें अपने वतन के प्रति न कोई आस्था थी और न ही वतनपरस्ती का कोई माद्दा। बाहर विदेश के प्रति एक आकर्षण अवश्य हो गया, सो खान साहब के दोनों बेटे विदेश चले गए। दोनों बेटियों को ग्रेजुएट कराकर उनका निकाह कर दिया।

करीब बीस साल के अरसे बाद रिटायर होकर खान साहब अपनी पुरानी हवेली रामपुर में आ बसे। छोटा बेटा तालीम पढ़ाई में बड़ा जहीन निकला और आगे की पढ़ाई के लिए दिल्ली पहुँच गया। सूनी हवेली काटने को दौड़ती। बेटियाँ तो परायी होती ही हैं, बेटे भी पराए हो गए, उनसे भी और वतन से भी। महीने-दो-महीने में चिट्ठी आ जाती तो वही सीने से लगाए रहते। गाहे-बगाहे बचपन के यार-दोस्त आ जाते तो हँसी-मजाक हो जाता। स्कूल बंद पड़ा ही था।

एक और साल बीता। बड़े बेटे अकरम ने 'तालीम' के लिए अमेरिका से वजीफे प्राप्त करने के तरीकों के बारे में ब्योरा लिखकर दिल्ली भेजा। तालीम मियाँ अपने अब्बू और मम्मी से बेहद जुड़े हुए थे। इस बार गरमियों की छुट्टी में घर आए तो वह पुलिंदा अब्बू को दिखाया। खान साहब ने पढ़ा और बोले, "बेटा, अपने वतन में भी कोई कम मौके नहीं हैं। यहाँ पर रहकर मैंने जो जिंदगी का लुत्फ उठाया है, अपनापन पाया है वो तुम्हें कहीं नहीं मिलेगा। फिर भी, ये मेरी जाती राय है कि तुम हमारा खयाल न करना, जो तुम्हें सही लगे वही करो और खुदा तुम्हें तरक्की दे।"

तालीम मियाँ की इंजीनियरिंग का एक साल बाकी था। उन्होंने वो पुलिंदा वहीं रामपुर में छोड़ दिया। अगले सत्र में जब वे हवेली आए तो देखा खूब जोर-शोर से हवेली रँगी-पोती जा रही है, झाड़-फानूस साफ किए जा रहे हैं, उत्साह देखते ही बनता था, सो पता चला कि जब जनाब छह महीने बाद डिग्री लेकर आएँगे तो बहुत बड़ा जश्न होगा। अकरम मियाँ मय परिवार अमेरिका से और खालिद मियाँ लंदन से आएँगे। दोनों आपा भी तशरीफ लाएँगी। बाकी रिश्तेदार सभी रामपुर में ही हैं, सो जश्न होगा जोरदार।

खान साहब को मौका मिला, क्या खूब तैयारियाँ कीं। अपने सभी पुराने दोस्तों को पता नहीं कहाँ-कहाँ से बुलाया, सारी हवेली गुलजार हो उठी। खान साहब के हमसफर दोस्त सभी रिटायर हो चुके थे। स्कूल बनते समय असगर मियाँ, मित्तल साहब मेरठ में रह रहे थे, वे भी पहुँचे। स्कूल के फादर तो आजादी के बाद इंग्लैंड वापस चले गए थे। स्कूल तब से बंद ही था।

चूँकि पुराने दिल मिले थे, तो दिल की बातें होने लगीं। असगर मियाँ ने पूछा, "खान साहब, उस स्कूल की बिल्डिंग का कुछ किया?" इसपर खान साहब हँसते-हँसते खामोश हो गए, मानो गले में कुछ अटक गया हो, धसका-सा लग गया। तालीम भागकर फौरन पानी लाए और अब्बू को पिलाने लगे। अचानक उनकी आँखों में आँसू देखकर चौंक गए। 'अब्बू और उनकी आँखों में आँसू, जब भाईजान विदेश गए, आपा ससुराल गई तब भी अब्बू की आँख में पानी नहीं दिखा, जरूर कोई गहरी बात होगी।'

अम्मी से बहुत पूछा तो उन्होंने बताया कि 'स्कूल में मानो उनकी जान बसी है, कभी-कभी जाकर वहाँ घंटों बैठकर सोचते रहते हैं। गाहे-बगाहे उसे दुरुस्त कराते रहते हैं। पता नहीं क्या है उनके दिल में। बदन में ज्यादा जान तो रही नहीं, सारी औलादें भी माशाअल्ला काम से लग लीं, तुम भी खुदा खैर करे इंजीनियर बन गए हो, अब पता नहीं क्यों इसे कलेजे से लगाए हुए हैं। मैंने तो कई मर्तबा कहा कि बेच डालो इसे, जमीन के भाव भी आसमान छू रहे हैं; पर तेरे अब्बा कहते हैं, ये मेरी सबसे जानशीन औलाद है, थोड़ी सी कमतरी है इसमें तो क्या इसे अपने प्यार से मरहूम कर दूँ। आगे से कभी मत कहना कि इसे बेच दो।"

तालीम मियाँ समझ गए कि हालाँकि अब्बू ने कभी अपने किसी भी बेटे से इस स्कूल को चलाने के लिए नहीं कहा, परंतु इनकी दिली तमन्ना यही रही होगी कि कोई बेटा साथ लगकर इसे आबाद करे।

अगले दिन जश्न था। अमेरिका से अकरम अपनी बीवी मय बच्चों के आए थे और साथ में उनकी साली नजमा भी थी, बेहद नाजुक और

खूबसूरत। अपनी आपा के साथ इसलिए आई थीं कि तालीम मियाँ उन्हें पसंद कर लें और उनकी नाजुक डोर में बँधे अमेरिका चले आएँ। अकरम की ससुराल अमेरिका में ही थी।

तालीम मियाँ का भतीजा भागता हुआ उनके पास आया और बोला, ''अरे चचाजान, आप यहाँ गुमसुम खड़े हैं और सारी रौनक आपके कारण है। आइए ना!'' तालीम ने हँसकर भतीजे के साथ हॉल में प्रवेश किया। तालियों से तालीम मियाँ का इस्तकबाल किया गया। बड़ी भाभी ने आकर तपाक से तालीम को गले लगाया। सब बारी-बारी गले मिले, फिर बाकायदा नजमा से परिचय हुआ। भाभी बोली, ''माशाअल्ला, अब इंजीनियर बन गए हो, एक से एक नाजनीनों के रिश्ते आ रहे हैं; पर मेरी बहन नजमा का खयाल रखना।'' सचमुच, बला की खूबसूरत थी नजमा। तालीम मियाँ ने पूछा, ''कैसा लग रहा है हमारे वतन में आपको?''

नजमा बाहर ही पढ़ी-लिखी थी, बोली, ''ओह! यहाँ तो बहुत ही अच्छा है, केवड़े-गुलाब की महक, ये Chandeliers Oh it is like a wonderland.''

''क्या आप इस वंडरलैंड में रहना पसंद करेंगी?'' तालीम मियाँ के मुँह से बरबस निकल गया।

नजमा सकपका गई, ''Well, what do you mean?''

''What I mean is very clear. शादी के बाद हर लड़की ससुराल आती है, Are you ready to come here? तुम्हारी आपा रिश्ता लाई हैं मेरे लिए।''

''But आपा तो कह रही थीं कि आप ही अमेरिका जाएँगे for further studies and job.'' नजमा सकपकाई।

''यानी कि मैं भी कच्ची डोर में बँधा आपके पीछे अमेरिका जाऊँगा, तभी होगा रिश्ता पक्का।'' कहकर तालीम मियाँ मुड़े और ताली बजाकर सबका ध्यान आकर्षित किया।

''मेरे जानशीन अब्बू हुजूर, अम्मीजान और सभी चाहनेवालो! आज

मैं आपसे अपने मन की बात कहना चाहता हूँ। जैसा कि आप सब जानते ही हैं कि हम पाँच औलादों के अलावा अब्बा हुजूर की एक और औलाद है, जिसे वे हम सबसे ज्यादा प्यार करते हैं, वो है 'खान पब्लिक स्कूल।' हम सबको अब्बू ने बढ़िया तालीम दी, लियाकत दी, पर इस दौड़-धूप में वो औलाद बेचारी अनदेखी रह गई। आज मैं पूरी जिम्मेदारी लेता हूँ कि अब्बाजान की ये औलाद पूरी तरह से पनपेगी और कामयाब होगी। खुदा करेगा तो इस मकसद में मैं कामयाब होऊँगा, आमीन।''

सब अवाक् रह गए, क्या कह रहा है लड़का! इतना पढ़-लिखकर रामपुर जैसी जगह में स्कूल चलाएगा। खान साहब तो मानो भौचक्के रह गए। धीरे से उठे, बोले, ''ना बेटा चाँद, ऐसा न करना, मैं कभी अपने आपको माफ नहीं कर पाऊँगा, तुझे तो बहुत ऊँचाइयों पर जाना है।''

''क्या फरमा रहे हैं, अब्बू आप! क्या विदेश जाकर बेशुमार दौलत कमाना ही ऊँचाइयों को छूना है? यहाँ अपने वतन में रहकर मैं दिखाऊँगा कि जो अपनी मिट्टी, अपना वतन, हमें दे सकता है वो पराया मुल्क कभी नहीं दे सकता। अब्बा मुझे आशीर्वाद दीजिए।''

खान साहब जीवन में पहली बार फूट-फूटकर रोए। इतनी बड़ी खुशी उन्हें अपने जीवन के आखिरी पायदान में मिलेगी, उन्होंने सोचा भी न था। उन्होंने अपने ज़िगर के टुकड़े को हृदय से लगा लिया।

सबकी मौजूदगी में खान साहब ने अपने पुराने स्कूल की बिल्डिंग का पुनः उद्घाटन किया। आज जमाना बदल चुका था। क्लर्क, दुकानदार से लेकर अफसर तक सब अपने बच्चों को अंग्रेजी स्कूल में पढ़ाना चाहते थे। दिन-ब-दिन तालीम मियाँ की मेंहनत रंग लाने लगी, एक से एक डिग्रीयाफ्ता शिक्षकों के क्वार्टर्स बनाए गए और लड़कियों के हॉस्टल अलग रखे गए, जहाँ पर उन्हें हिंदुस्तानी तहजीब व वतनपरस्ती भी सिखाई जाती। 'खान पब्लिक स्कूल' आज एक टॉप का स्कूल है और नजमा को भी तालीम मियाँ इतने भाए कि वह गोरों की नगरी छोड़ इस 'वंडरलैंड' में आ बसी और स्कूल की बेहतरी में साथ लग ली। □

सलामी

आज सतीश के यहाँ रात का डिनर और ताश पार्टी जमनी थी। सावन-भादों के चिपचिपे मौसम से निजात पाते ही दशहरे की गुलाबी सर्दी ने पाँव पसारना क्या शुरू किया कि पार्टियों का सिलसिला शुरू हो गया। हर हफ्ते दो-तीन ताश पार्टियाँ तो हो ही जाती हैं। दिवाली के बाद बस यह जोश ठंडा हो जाएगा।

खैर, साहब सतीशजी ड्राइंग-रूम में गद्दे वगैरह लगवाने में जुटे थे और आशा यानी सतीशजी की पत्नी खाना व स्नैक्स की तैयारियों में। सात बजे तक सब आ जाएँगे, दो घंटा खेलेंगे—चाय, ठंडा स्नैक्स होंगे और फिर खाना। आशाजी के साथ उनकी परम मित्र रेखा भी उनकी मदद करा रही थीं। वे सामने पड़ोस में ही रहती हैं। उन्होंने हँसकर पूछा, ''क्यों आशाजी, क्या वे बेचारे वर्माजी भी आएँगे?''

''हाँ भई, क्यों नहीं, शीला वर्मा तो बड़ी शौकीन तबीयत हैं। सारे साल क्लब में खेलती हैं। दिवाली, दशहरे पर हमें भी कृतार्थ कर देती हैं।'' आशा हँसकर बोली, ''पिछली बार देखा, वर्माजी को डाँट-डाँटकर बिजूका बना दिया, बेचारों को एक गेम ढंग से खेलने नहीं दिया।'' रेखा को याद था।

''हाँ भई, बड़ी ही तेज महिला हैं, पता नहीं वर्माजी कैसे झेलते हैं।'' आशा ने ठंडी साँस भरी।

"भगवान् बचाए ऐसी महिलाओं से, कोई जीतने के लिए थोड़े ही खेलते हैं, ये तो मिलने-जुलने के बहाने हैं, नहीं तो इस सरकारी कॉलोनी में त्योहार का पता ही न चले।" रेखा बोली।

"अरे सुनती हो, गद्दे बिछवा दिए। अब सफेद चादरें निकाल दो, मैं अपना काम खत्म करूँ।" सतीशजी ने आवाज दी।

"अच्छाजी, अभी आती हूँ," कहकर आशा ने हाथ पोंछे और चादरें निकालने चलीं। सतीश और नरेंद्र दोनों ही अधिशासी अभियंता थे। नरेंद्र व रेखा को आए एक ही साल हुआ था। पिछली बार की ताश पार्टी में ही उनका परिचय सुदेश वर्मा व उनकी पत्नी शीला वर्मा से हुआ था, इस प्रकार से कोई पत्नी अपने पति से अभद्र व्यवहार कर सकती है यह देखकर वे चकित थे। बाकी सब तो उनकी फितरत से वाकिफ थे ही।

गद्दे-तकिए लगवाकर, ड्रिंक्स व सूखे नाश्ते को साइड में मेज पर लगवा आशाजी तैयार होने चलीं। रेखा भी सामने अपने घर में चली गई, छह बजे आना जो था।

शाम को नियत समय पर सब मित्रगण इकट्ठे हुए। खूब हँसी-ठट्ठा होने लगा। ड्रिंक्स वगैरह सर्व किए जाने लगे। इतने में वर्मा दंपती का पदार्पण हुआ। आशा ने आगे बढ़कर उनकी अगवानी की, बोली, "बड़ी देर कर दी आपने आने में?"

वर्माजी कुछ कह पाते, इससे पहले ही शीलू बोल उठी, "सब इनके कारण, इनके सारे कुनबे के लोग दशहरे की खुशी में हमारे यहाँ जमा हैं। सबको खाना खिलाओ, उनके नखरे सहो, तब घर से निकल पाओ, उँह।" कहकर वे धम से कमर टिकाकर गद्दे पर पसर गईं।

वर्माजी धीरे से जाकर दूसरी तरफ बैठने लगे तो चीखकर बोलीं, "कहाँ बैठ रहे हो, खेलना तो आता नहीं, यहीं आस-पास बैठो, ज़िससे मैं बता सकूँ।" वर्माजी दुबककर उनके आस-पास बैठ गए। सतीश उन्हें जानते थे। बड़े ही काबिल अफसरों में गिने जाते थे वर्माजी, परंतु बीवी ऐसी तो क्या करें, सारा व्यक्तित्व खतम हो गया।

"अरे-अरे चलिए, ताश इधर दीजिए, शुरू करें—'टाइम इज मनी'।" कहकर शीलू ने एक्सपर्टली ताश फेंटना शुरू किया।

"पर, पहले दो ग्रुप तो बना लें, अठारह लोग कैसे खेलेंगे?" सो दो ग्रुप बनाए गए, जिनमें पति-पत्नी एक ग्रुप में न हों ताकि हस्तक्षेप सीमित रहे।

शीलू कहाँ माननेवाली, हालाँकि वो अलग ग्रुप में थी। वो ऐसी जगह बैठी जहाँ से वर्माजी के ताश बराबर दिखाई दें। वहीं से, "अजी फेंक दीजिए ये सड़े पत्ते, एक पैग क्या पी लिया, दो दहले के तीन दहले नजर आने लगे।"

बेचारे वर्माजी ने पत्ते फेंक दिए। वीरेंद्र बाबू दो नहलों में जीत गए। शीलू ने जब दो नहले देखे तो मुँह बिचकाकर बोली, "हूँ, इत्तेफाक की बात है, वरना आप कलर से कम में नहीं खेलते।" "मान गए भाभीजी, बड़े मोती लुटाए होंगे आपने जो इतना आज्ञाकारी पति मिला।" राजेश ने चुटकी ली। "अरे, आज्ञा नहीं मानेंगे तो जाएँगे कहाँ? कौन घास डालेगा इन्हें।" शीलू चट से बोली।

यह कोई नई बात नहीं थी। वर्माजी इन सबके अभ्यस्त हो चुके थे। शीलू सदा शेरनी की मुद्रा में रहती और ऑर्डर देकर बात करती। कड़ी चोटों के बावजूद वर्माजी शांत भाव से खेलते रहे। जब भी वे बेचारे चाल चलते शीलू उनके पत्ते देखकर नाक-भौं सिकोड़कर उन्हें फिंकवा देती और फिजूलखर्च, शराबी और न जाने किन-किन उपनामों से सुशोभित करती। आज तो हद ही हो गई या तो वो अपने ससुरालवालों के आगमन से चिढ़ी हुई थी या पत्ते न आने पर झुँझला रही थी। वातावरण बोझिल होने लगा। तभी रजनी और जेबा की सीक्वैंस भिड़ी, रजनी सैकड़ों रुपए हार गई। बोली, "अब तो बस ट्रेल आएगी तभी खेलूँगी। मुझे तो कार्डोफोबिया होने लगा है। अब बस देखना, पत्तों को देखकर डरकर भागूँगी जैसे हाइड्रोफोबियावाले पानी से भागते हैं।" सब हँसने लगे। रजनी में भी कमाल का ह्यूमर था।

डिनर के बाद छोटे बच्चेवाले अपने-अपने घरों को निकल लिये। कुल नौ लोग बचे, अतः ग्रुप छोटा हो गया। सतीश हँसकर धीरे से वर्माजी से बोले, ''साहब, अब तो आपकी खैर नहीं, सँभलकर खेलिएगा।''

फिर वर्माजी का मुँह देखकर जीभ काट ली, बेचारे मरे हुए को क्या मारना! कई मित्रों को यहाँ तक यकीन था कि शीलू घर पर वर्माजी को पीट भी देती होंगी।

खैर, इस बार पता नहीं पत्ते भी अजेय शीलू के पास आने में कतरा रहे थे। उसकी झुँझलाहट बढ़ती जा रही थी कि अचानक एक ही कलर के १-२-३ आने पर उसकी बाछें खिल गईं, फिर भी शातिर खिलाड़ी की तरह उसने धीरे से एक चाल की, जिस पर राजेश ने काउंटर किया, सरिता व नरेंद्र ने ६०-६० रु. की चाल की। मन-ही-मन शीलू बाग-बाग हो उठी, मजा आ गया, आज तो सबकुछ समेटकर ले जाऊँगी। तभी वर्माजी की चाल आई। जैसे ही वो साठ रुपए चलने को हुए शीलू बोली, ''अजी देख लिया आपका खेल, चुपचाप पत्ते फेंकिए।'' परंतु घोर आश्चर्य! वर्माजी पत्ते घुटने के नीचे दबाए शांत बैठे रहे। शीलू ने दो बार चाल चली, बाकी सभी ने अपने पत्ते फेंक दिए। राजेश ने अपने पत्ते उठाकर देखे और साठ रुपए की चाल चली। वर्माजी ने भी दूसरी चाल चल दी। राजेश से तो शीलू निबट लेती, उसे पता था कि वो ब्लफ खेलकर डराता है, पर ये अपने मियाँ बजरबट्टू का क्या करूँ, वे किस खुशी में पैसा बरबाद कर रहे हैं। शीलू ने झिड़कते हुए कहा, ''अपने पत्ते फेंक दीजिए जनाब, कभी जीते हैं आप मुझसे।'' परंतु वर्माजी ने उनकी ओर देखा तक नहीं। शीलू को चाल चलने की सारी खुशी काफूर होती दिखी, परंतु चूँकि मैदान मे़ वो, राजेश और वर्माजी ही थे, अतः उसने पुनः साठ रुपए की चाल चली। राजेश ने भी तुर्की-पे-तुर्की दे मारी चाल, पर ये क्या, वर्माजी भी चाल चल रहे हैं। शीलू के गुस्से का पारावार न रहा, बोली, ''मैं तुमसे साइड शो माँगती हूँ, ये लो साठ रुपए में शो दीजिए।'' घोर आश्चर्य! वर्माजी बोले, ''परंतु मैं तुम्हें कोई साइड शो नहीं दूँगा, खेलने दो मुझे।''

''कैसे नहीं दोगे, साठ रुपए फेंके हैं मैंने।'' शीलू चीखते हुए बोली।

''तुमने आज तक मुझे कभी चैन से खेलने नहीं दिया। शांति से खेलो वरना पत्ते फेंक दो।'' वर्माजी ने शांत, परंतु सधे शब्दों में कहा।

''मैं, मैं पत्ते फेंक दूँ, तुम्हारे जैसे अनाड़ी के सामने।'' शीलू आक्रामक मुद्रा में आ गई और घुटनों के बल बठ गई। वर्माजी के घुटने के नीचे तीन पत्ते अब भी विराजमान थे। स्थिति बड़ी विचित्र हो गई थी।

सतीश से न रहा गया, बोला, ''अरे भाभीजी, छोड़िए, आज खेलने दीजिए वर्माजी को भी।''

''भाई साहब, आप हम दोनों के बीच में न बोलिए, आज मैं इन्हें मजा चखा ही दूँ, कहकर शीलू ने जबरदस्ती वर्माजी के घुटने के नीचे से पत्ते खींचे। वर्माजी ने प्रतिरोधवश घुटना और दबा लिया, जिसके फलस्वरूप आधे पत्ते फटकर शीलू के हाथ में आ गए और बीच में उलट गए। सबने आँखों से देखा कि तीन इक्के थे। अब लगा मानो भूचाल आ गया, वर्माजी उठ खड़े हुए, वे लगभग खींचते हुए शीलू को कमरे के बाहर ले जाते हुए दहाड़े, ''मैं सचमुच बड़ा मूर्ख हूँ जो सबके सामने इतनी बेइज्जती सहता रहा, वो भी तुम्हारी जैसी फूहड़ व अनपढ़ औरत के हाथ। आज से खबरदार! जो पत्तों को हाथ लगाया, बिजनेस बना लिया है तुमने इसे।''

सब किंकर्तव्यविमूढ़ होकर कभी शीलू की डरी सूरत देखते तो कभी वर्माजी की सिंह-सी दहाड़ती मूरत को। जब दोनों चले गए तो राजेश ने चुप्पी तोड़ी, ''इस इक्के की ट्रेल पर वर्माजी को इससे बढ़िया सलामी कभी न मिलती, अब तो शीलू भाभी जिंदगी भर इन्हें सलाम करेंगी।''

इसपर सभी हँसे और सतीश बोले, ''भई, दांपत्य जीवन की गाड़ी तभी सही चलती है जब तक उसमें एकात्मता, आपसी सद्भाव, प्रेमभाव रहे, दोनों ही अपने साथी की इज्जत करें। हम ये नहीं चाहते कि शीलू भाभी उन्हें सलाम करें, परंतु अति का फल बुरा ही होता है।''

□

घोंसला

''रवि, बया का घोंसला देखा है कभी?'' रजनी ने सामने पेड़ पर लटकते घोंसले को दिखाकर पूछा।

''हाँ, देखा तो है, पर क्या खास बात है उसमें?'' रवि बोला।

''उसे अंदर से देखना, चार कमरे बनाता है 'मेल' बया और उसे 'फिमेल' को तभी दिखाता है, जब वो खुद संतुष्ट हो अपनी कारीगरी से।''

''अच्छा, सचमुच 'हाऊ स्ट्रैंज' इन परिंदों में भी यह भावना होती है?'' रवि को आश्चर्य हुआ।

''है ना कितनी रूमानी बात, जब बया उस घोंसले को पसंद कर लेती है, तभी उसमें वे अपना संसार बसाते हैं।'' रजनी मानो स्वप्निल हो उठी।

रजनी की बड़ी इच्छा थी कि वह आर्किटेक्ट बने, परंतु हे भगवान्, दाखिलों की इतनी मारामारी कि दाखिला मिला ही नहीं। शुक्र भगवान् का कि फैशन डिजाइनिंग में आ गई वरना किसी भी अच्छी लाइन में एडमिशन असंभव। वहीं रवि से दोस्ती हुई और दोनों तीन साल के कोर्स के बाद स्वतंत्र रूप से फैशन डिजाइनिंग करने लगे।

रजनी का शौक भी अजब है, जहाँ देखती है, कोई शानदार बँगला बन रहा है, फौरन अंदर जाकर सारी छानबीन करती—क्या कीमत होगी, कौन है बिल्डर अथवा कॉन्ट्रैक्टर, रवि को ये सब पसंद

नहीं था, जिस रास्ते जाना नहीं वहाँ के पेड़ क्या गिनना! परंतु रजनी हालाँकि आर्किटेक्ट न बन सकी, उसकी दमित इच्छा यही थी कि उसका भी शानदार बँगला बनता, जिसका नक्शा वह खुद बनाती; पर हाय री किस्मत! जिंदगी में रहना बदा था एक-दो कमरेवाले सरकारी मकान में। पीले-पीले, गंदे-से, दूर से ही पता चल जाता कॉलोनी है; मकान के फर्श तो माशाअल्ला! उसके पिता सरकारी मुलाजिम थे। पता नहीं कितनी बार उसने ताजमहल देखा होगा। दिल्ली में एक से एक बँगले, इमारतें, कोठियाँ थीं, जिन्हें देखकर वह मन मसोसकर रह जाती।

उसका और रवि का रोज ही एक-से-एक टॉप डिजाइनर के साथ मिलना होता, क्या ठाट थे उनके। चारों ओर से मॉडल आतीं, कभी इंटरव्यू, कभी पेरिस में अपने डिजाइनिंग किए हुए कपड़ों की प्रदर्शनी की तैयारियाँ। एक दिन टॉप डिजाइनर रूप मेहत्ता के यहाँ पार्टी थी, ये दोनों उन्हें Assist कर रहे थे, इसलिए इन्हें भी बुलाया गया। रजनी तो ऐसी शान देखकर दंग रह गई।

कभी-कभी वह सपनीली होकर रवि को अपने सपने के बारे में बताती। रवि हमेशा 'सपने-सपने ही होते हैं, सच्चाई का सामना करो' कहकर सचेत करता। रवि की माँ तलाकशुदा थीं। चूँकि बैंक में ऑफिसर थीं, अतः रहने-सहने का ढंग अच्छा था, अपना घर बना लिया था छोटा सा, उसमें माँ-बेटे रहते। रवि के पिता एक दिन साउथ-एक्स में मिल गए। मुँह में पाइप दबाए जब वे होंडा सिटी से उतरे और रवि के कंधे पर हाथ रखा तो रजनी चौंक गई। रवि अपना स्कूटर निकाल रहा था। रवि ने स्कूटर वापस रखा, ''ओह! डैडी आप?''

''हाँ बेटा, कहाँ जा रहे हो?''

''यहीं एक डिजाइनर से मिलना है। अरे सॉरी डैडी, ये है मेरी पार्टनर रजनी।'' रवि बोला।

रजनी ने नमस्ते की।

''चलो बेटा, कहीं कॉफी पीते हैं।'' कहकर बेरिस्टा की ओर चल दिए।

तीनों ने कॉफी पी और पेस्ट्रीज खाईं।

''तुम तो बिलकुल भूल गए अपने डैडी को, अब बहुत कम आते हो।'' डैडी ने शिकायत की।

''जी डैडी, जरूर आऊँगा।'' रवि बहुत कम बोलता था। रवि ने अपने डैडी को पैसे नहीं देने दिए।

डैडी अपनी होंडा सिटी में आने का वादा लेकर चले गए। तब रजनी आँखें फाड़े बोली, ''तुम्हारे डैडी तो बड़े रोबदार हैं! कहाँ रहते हैं?''

''गुलमोहर पार्क में उनका अपना बँगला है।'' रवि ने बताया।

''तुम्हें तो बहुत प्यार करते हैं। देखा, कितने प्यार से देख रहे थे तुम्हें।'' रजनी बोली।

''हाँ, पहले तो मैं डैडी के पास ही रहा, फिर मम्मी बहुत अकेली हो गईं तो इनके पास आ गया। You know how it is in broken families.'' रवि का दर्द सामने आ गया। ''मम्मी बहुत खुदमुख्तार थीं। अपना जॉब छोड़ना नहीं चाहती थीं, दादी बहुत अमीर घराने की पुराने खयालात की थीं। डैडी ने प्रेम-विवाह कर तो लिया, परंतु मम्मी के गरीब घराने के ताने, सर्विस छोड़ने की चिक-चिक ने दोनों को अलग कर दिया। डैडी ने दूसरी शादी कर ली। दूसरी मम्मी दादी की तरह किटी पार्टीज, गहने, हीरे-जवाहरात में खोई रहती हैं, सो डैडी अब भी तनहा ही हैं।''

''ओ आई सी! और तुम्हारे अन्य भाई-बहन?''

''दूसरी मम्मी से एक ही बेटी हुई, वह बारहवीं के बाद बाहर चली गई पढ़ने और अब वापस नहीं लौटना चाहती। दूसरी मम्मी भी ज्यादातर बाहर के ही चक्कर लगाती रहती हैं, यहाँ तो अकेले डैडी हैं। दादी अम्मा गुजर गईं पिछले साल।'' रवि ने बताया।

कहाँ तो रवि के डैडी अकेले और कहाँ रजनी अपने तीन बहन-

भाइयों के साथ छोटे से क्वार्टर में रहती है। और ये पगला रवि अपने पापा को क्यों नहीं अ''नाता, इडियट!

बात आई-गई हो गई; परंतु रजनी के मन में रवि के डैडी का बँगला देखने की इच्छा बनी रही। एक दिन रवि ने गुलमोहर पार्क से होते हुए इशारे से एक बँगले को दिखाया, ''यह डैडी का है।''

''ओह, माय गॉड! इट इज ए पैलेस!'' रजनी के मुँह से बरबस निकला।

''पैलेस नहीं, ये मकबरा है। यह सुंदर तो है, परंतु इसमें कभी हँसने की, कहकहों की आवाज नहीं आती, सन्नाटा है इसमें। मैं आठ साल इसमें रह चुका हूँ। जब मैं पाँच साल का था डैडी अलग हो गए, वे तीन साल माँ के बिना कैसे काटे थे, मैं ही जानता हूँ। घर दीवारों से नहीं, आदमियों से बनता है, घरवालों से बनता है।'' रवि दुःखी था।

सचमुच, रजनी ने देखा कि बया का घोंसला नीचे पड़ा था। जब तक उसमें जिंदगी थी वह आबाद था, जब पंछी उड़ गए वह बेकार है, बरबाद है।

□

खोली झोली

सारा मुहल्ला उन्हें 'काकी' कहकर बुलाता था। उनसे हमारा परिचय बड़े अजीब ढंग से हुआ। हुआ ये कि मेरी छोटी बहन सोना बड़ी चुलबुली थी—उसने आम खाकर गुठली को तककर मारा तो काकी के नौकर को जाकर ठीक निशाने पर लगी। नौकर ने घूमकर ताका तो सोना छुप गई, वह बड़बड़ाता हुआ चला गया। शाम को नीचे से आवाज सुनकर छज्जे से मैंने देखा कि बड़ी सुंदर संभ्रांत महिला नीचे खड़ी हैं। मैं जल्दी से नीचे उतरकर आई और दरवाजा खोलकर पूछा, "आप किसे ढूँढ़ रही हैं?"

तभी काकी का नौकर बोला, "ई काकी है हमार मालकिन!"

"आइए-आइए, आप बाहर क्यों खड़ी हैं।" कहकर मैं उन्हें अंदर ले आई। सोना नौकर को देखकर ऊपर भागने लगी, तभी नौकर बोला, "ई छुटकी ही रही हम देखे रहिन।"

"क्या हुआ?" मैंने पूछा तो नौकर ने सब किस्सा बताया। मैंने सोना को नीचे बुलाया। काकी से माफी माँगने को कहा ही था तभी काकी नौकर पर ही बरस पड़ीं, "अरे, तुमको एक आम की गुठली क्या मार दी, बच्ची की जान ले लोगे क्या? देखना कितनी सहम गई है बेचारी? सरजू, तुम भी बुढ़ाने लगे हो, आ जा बेटी, मेरे पास आ।" कहकर सोना को पास बुलाकर उसका माथा चूमा। तब तक मम्मी रामजी को चाय व नाश्ता लाने को कहकर नीचे आ गईं। रामजी चाय-नाश्ता ले आया। काकी हँसने

लगी, कहने लगी, "आई तो मैं लड़ने ही थी, पर आपके घर की तहजीब देखकर आपकी मुरीद हो गई हूँ। अरे, बच्चे तो बच्चे ही हैं, शैतानी नहीं करेंगे तो क्या करेंगे?"

तब से काकी की रंगीन दुनिया में हमारा भी प्रवेश हो गया। वह दुनिया जो बाहर से इतनी ग्लैमरस, इतनी रंगीन लगती है; परंतु अंदर से कितनी बेरंग और घिनौनी—यानी फिल्मों की दुनिया। जमाना श्याम-श्वेत फिल्मों का था। अच्छे घर की लड़कियों का उस दुनिया में घुसना मना था। हमारी काकी के पति एक निर्माता थे। उनका बँगला हमारी कोठी से आठ-दस मकान छोड़कर था। हम लोग तो नए-नए आए थे, काकी वहाँ पंद्रह साल से रह रही थीं। 'काका' का नाम खूब रोशन था और हम बच्चे तो बड़े खुश हुए, सोना क़ी पीठ ठोकी कि उसकी शैतानी के कारण काकी हमारे घर आईं।

काकी बड़े ही ऊँचे परिवार की थीं। छोटी ही थी, परंतु सुंदर होने के कारण घर से निकलने की इजाजत न थी। परदेवाली बग्घी में स्कूल जाती थीं। परंतु कॉलेज भेजने पर घर में बड़ा हंगामा हुआ। उनकी माँ नहीं चाहती थीं कि लड़की कॉलेज का मुँह देखे, पर पिता का अरमान था कि लड़की पढ़-लिख जाएगी तो I.C.S. लड़के से शादी कर देंगे। अब तक बड़ी बंदिशों में रही थी 'काकी'। माँ का कड़ा अनुशासन कि 'टॉयलेट जाओ तो आवाज नहीं होनी चाहिए।' पाउडर-लिपस्टिक का तो सवाल ही नहीं। एक बार काजल क्या लगा लिया, भैया ने पोंछ-पोंछकर निकलवा दिया। कुछ आँसुओं के साथ बह गया; कैसे उठना, कैसे बैठना, कैसे चलना सब अनुशासन से।

एक दिन बरसात में हवा बड़ी तेज थी। बग्घी का परदा उड़-उड़ जा रहा था तो काकी की झलक वहाँ के रईसजादे समर बाबू ने देख ली। फौरन रिश्ता आ गया। पिताजी की नामरजी होते हुए भी माँ अड़ गईं कि "इतना अच्छा रिश्ता आया है, राज करेगी ब्रिटिया, I.C.S में क्या लाल जड़े हैं।" सो पिताजी मान गए। बड़ी धूमधाम से दो बड़े घर रिश्ते के

बंधन में बँध गए। काकी ने जाते ही सबका मन मोह लिया, पर अपने समर बाबू तो आवारा बादल थे, दिलफेंक—आज यहाँ तो कल वहाँ। सो एक तो पैसा, दूसरे रंगीन मिजाज, वे बंबई खिचे चले आए। काकी के पैर भारी थे सो वे दिल्ली ससुराल में ही रहीं। बंबई आकर काका ने पहले तो प्रोडक्शन मैनेजर के पद पर एक बहुत नामी निर्माता, निर्देशक एवं अभिनेता मोहन लाल के यहाँ काम किया। वहाँ रहकर तो उनके पौ-बारह हो गए। रोज नई-नई लड़कियाँ फिल्मों में मौका मिलने के अरमान लिये मोहन लालजी के कमरे में जाना चाहतीं, परंतु प्रवेश समर बाबू ही दिलवा सकते थे। अत: जो भी लड़की 'लाल साब' के लायक न होती उसे वे आजमाया करते। 'साब' का तो ये अंदाज था कि सब लड़कियों पर समझते थे कि उनका जन्मसिद्ध अधिकार है। हालाँकि एक नामी अभिनेत्री उनकी बगल में रहती और सुनते थे कि उससे शादी भी कर रखी है। घर में बीवी ने छह लाल दिए थे, जिनमें दो लड़कियाँ थीं, और चार लड़के। खैर, जो सिक्का चले, वही सच्चा। लाल साहब का बड़ा नाम था, काबिल निर्माता-निर्देशक थे, सो फौरन लोग समर बाबू को उनकी बदौलत काफी जानने लगे—उनका दायाँ हाथ जो थे। अगर समर बाबू ने सिफारिश कर दी तो समझो काम बन गया।

जब 'काका' ने अपनी पिक्चर लॉन्च की तो काकी को बंबई बुलवा लिया था। 'काकी' अपने पाँच साल के नन्हे को लेकर बंबई आईं। काकी पर भी बड़ा रूप चढ़ा था, बच्चा होने के बाद और सुंदर हो गई थीं। इसलिए काका इन्हें फिल्म पार्टीज में कभी न ले जाते। हाँ, अपने कुछ शरीफ दोस्तों को, जिनमें से अभिनेता भी थे, अवश्य भोजन आदि पर घर बुलाते। तब काकी हमें बुलवा लिया करतीं और हम बड़े-बड़े अभिनेता-अभिनेत्रियों को निहारते रहते।

काकी रस ले-लेकर ये किस्से सुनातीं, हम बड़े अचंभे से सुनते। काका काफी फल-फूल रहे थे, यहाँ तक कि 'काकी' के यहाँ काम करनेवाले घरेलू नौकर भी निर्माता बन गए। फिल्म लाइन में उस समय

'कनेक्शंस' काम करते थे। सो एक के बाद दो-तीन नौकर फिल्म लाइन में आ गए, फिल्में बनाईं और उनकी फिल्में सफल भी हो गईं। पर काकी से मिलने अब भी उसी अदब के साथ आते। इस बार 'काकी' ने इसीलिए एकदम अनपढ़-गँवार नौकर रखा है कि कहीं वो भी निर्माता बनकर चलता न बने। हम भी हँसते कि 'काकी' रुक जाओ, कल ये सरजू भी 'सूरज' बनकर चमकेगा और सरजूजी रंगीन सपनों में खो जाते।

इतनी रंगीनियों में भी काकी की जिंदगी वीरान थी। काका कभी रात-रात भर न आते, कभी कई दिन तक गायब रहते। काकी अपने दुःख को पड़ोसियों के साथ घुल-मिलकर बाँटतीं, कभी ताश की बाजी जमती, अम्मा के साथ व दूसरे पड़ोसियों के साथ या फिर चाय पार्टी। घर में पैसे की, जेवर की, नौकरों की कोई कमी न थी; पर हमारी काकी बड़ी इमोशनल थीं, जब वे 'मुझे मुरलीवाले श्याम से मिला दे कोई रे' गातीं तो हमारी पलकें गीली हो जातीं।

हमारे यहाँ वो अकसर आतीं। बाबूजी लेखक थे और अम्मा भी अपने जमाने की 'ग्रेजुएट' थीं, सो उन्हें हमारे घर का वातावरण बहुत अच्छा लगता। बाबूजी व अम्मा का प्रेम देखकर वो कहतीं, ''बहना, ये प्यार ही तो माँगा था मैंने भगवान् से, पर पिछले जन्म के पाप होंगे, जो अब भोग रही हूँ। बस, नन्हे के कारण मैं यहाँ हूँ वरना पता नहीं क्या कर लेती।'' ऐसे ही काफी साल बीत गए।

एक दिन 'काकी' घर आईं तो बड़ी बेचैन और चिंतित थीं। आकर जैसे ही बैठीं उन्हें 'फिट' पड़ा। सरजू ने इशारे से बताया कि सब चुप रहें। दो मिनट बाद उन्हें होश आया। बोलीं, ''जब ज्यादा टेंशन होता है तब पड़ते हैं ये फिट।'' अम्मा बोलीं, ''बहनजी, क्यों आप इतना टेंशन लेती हैं, भाई साहब तो सुधरेंगे नहीं? अब आपका बेटा जवान होने को है, और अच्छा लड़का है, दो-चार साल में इसकी शादी कर देना। बहू से सेवा करवाना।'' इतना सुनना था कि 'काकी' फफककर रो पड़ीं, बोलीं, ''बेटे की बात कौन सोचे बुढ़ापे में, 'काका' ने ब्याह रचाया है दूसरा।''

हम सब हक्के-बक्के रह गए, अगर नन्हे के बारे में वे यह बतातीं तो कोई बात ही नहीं थी, पर काका पचास बरस की उमर में ब्याह रचाएँगे!

अम्मा बहुत भड़क गईं, बोलीं, ''आप, अदालत में जाइए, हम आपका पूरा साथ देंगे। कैसे दो शादी कर सकते हैं?''

काकी हँसीं, बोलीं, ''कितनी परतें उधेड़ूँगी, पता है, ये किसने बताया है मुझे, 'उनकी रखैल ने', जिसे उन्होंने फ्लैट लेकर दे रखा है। आकर कहने लगी कि काका ने बीस बरस की लड़की से शादी रचा ली है, अब मेरा क्या होगा?'' कहकर काकी ने एक वजनी सी गाली दी और बोलीं, ''मैंने कहा, कि सु¨री तू किसी और के यहाँ बैठ जाएगी, तेरा क्या?'' और निकाल दिया घर से बाहर।

अब हम भी बड़े हो गए थे। काकी का बेटा 'नन्हे' बड़ा ही शालीन और पढ़ने-लिखने में होशियार था, घर में सभी को पसंद भी था। काकी ने सारे गहने मेरे नाप के बनवाए थे, पर आज काकी भरी हुई थीं, बोलीं, ''बेटी, सोचा था तू बी.ए. कर ले तो तुझे अपने घर ले जाऊँगी, पर नहीं, अब नहीं, तू जिस घर में है, जो यहाँ का माहौल है, वैसे ही घर में जाना। मेरे घर में तो तेरा दम घुट जाएगा। जैसे मेरा घुट रहा है। मैं नहीं चाहती कि तू मेरी तरह दु:खी रहे।'' उस दिन अम्मा और काकी खूब गले मिलकर रोईं।

इसके बाद तो काकी को बड़ी जल्दी-जल्दी फिट्स पड़ने लगे। 'नन्हे मियाँ' भी दिशाहीन से हो गए। काका ने उन्हें भी फिल्म लाइन में डाल दिया था। सो उनके भी रंगीन चर्चे शुरू हो गए। काकी तो मानो पूरी नाउम्मीद हो गई थीं। उन्होंने एक दिन काका से उनका कान पकड़कर वह बँगला अपने नाम करवा लिया और उसी शाम को उनका बोरिया-बिस्तर बाहर फिंकवा दिया। सबकुछ खो ही चुकी थीं वे, अब वे बड़े खुलेआम काका को वजनी गालियाँ सुनातीं। कहतीं, जब परदा ही नहीं रहा तो मैं ही क्यों परदा रखूँ।

मेरी शादी हुई तो बार-बार गले लगाकर मुझे आशीषें दीं। हाथ में मेरे नापवाले दोनों कड़े पहना दिए। मैं रो-धोकर अपनी ससुराल में पहुँचकर उनकी आशीषों की बदौलत राज करने लगी। अम्मा से 'काकी' के समाचार मिलते रहते। नन्हे निर्माता बनकर पैसा उलीचने लगे और एक हीरोइन से शादी रचाकर अलग रहने लगे। उसकी कहानियाँ भी 'काकी' की तरह कही-सुनी जाने लगीं। 'काकी' अकेली तनहा सरजू के सहारे जीवन बिता रही थीं। अब तो चलने-फिरने से भी मजबूर हो गई थीं। मैं जब भी मायके जाती, पहले भागकर 'काकी' से मिलती, पता नहीं उनकी झोली में कितना प्यार, कितनी आशीषें थीं। मैंने कई बार उन्हें साथ ले आने की मिन्नतें कीं, पर वे अपनी प्यारी दिल्ली कभी न आ पाईं। इतने भाई, देवर, जेठ, बेटा, सबके होते 'काकी' कितनी अकेली थीं।

'काकी' के निधन की खबर सुनकर मैं फूट-फूटकर रोई। कितने दिन गुजर गए हैं, पर आज तक भी उनको भूल नहीं पाई हूँ। अम्मा बता रही थीं कि जब काकी का जनाजा निकला तो सारी फिल्म इंडस्ट्री जमा थी। काका ने खूब 'शोमैन' की तरह उनका जनाजा निकाला और बड़े पैमाने पर श्राद्ध किया। सब हश-हश कर उठे। 'काकी' का भाग्य ही ऐसा था। झोली तो भरी थी सिक्कों से, पर प्यार न था।

□

महँगाई के चूहे

अभी कुछ दिन पहले लालाजी ने अपने ऊपर का मकान पाटिल साहब को लीज पर दिया था। पाटिल साहब किसी कंपनी में प्रबंध निदेशक थे। भारी किराया अदा करती थी उनकी कंपनी। पाटिल साहब का क्या कहना, गजब का रोब-दाब, शोफर ड्रिवन गाड़ी आती थी उन्हें लेने, चकाचक यूनिफॉर्म में जब शोफर तपाक से गाड़ी का दरवाजा खोलता तो पूरी कॉलोनी के लोग देखते रह जाते।

उस कॉलोनी में अधिकतर निवासी व्यवसायरत थे। उनके बाप-दादे ही ये कोठियाँ और व्यवसाय विरासत में दे गए थे। किसी की चाँदी की दुकान थी, किसी की कपड़े की, तो कोई टेंट की दसियों दुकानें लिये बैठा था। आज तक इस कॉलोनी में कोई भी असली पढ़ा-लिखा नहीं आया था। यूँ तो इंटर और मैट्रिक पास कई नौजवान थे, परंतु सभी ने अपने स्कूल लड़खड़ाते हुए पास किए थे। घर में कोई कमी नहीं थी, सो कोई बड़े भाई के साथ लग गया तो कोई पिता का हाथ बँटाने लगा, लाखों के वारे-न्यारे होने लगे, बिजनेस के गुर सीखने व सिखाने में जिंदगी शांति से बीत रही थी कि पाटिल साहब के आने पर मानो तेज हवाएँ चलने लगीं।

जनाब पाटिल साहब व उनकी पत्नी, जो कि किसी कॉलेज में प्राध्यापिका थीं, की चर्चा घर-घर होने लगी। ज्यों-ज्यों लोग-बाग उनके ठाट-बाट देखते त्यों-त्यों उनका मन मेलजोल बढ़ाने को करता; पर पाटिल

साहब व उनकी पत्नी किसी की ओर देखते भी न थे, धड़ाधड़ सीढ़ियों से नीचे उतरते और गाड़ी में बैठकर ओझल। अंग्रेजी तो मानो उनकी मातृभाषा थी। लालाजी से भी बस दुआ-सलाम ही थी। घर में एक वृद्धा नौकरानी थी, जो बस सब्जी आदि लेने नीचे उतरती; पर बोलती किसी से भी नहीं थी। बस पाटिल दंपती के जाने के बाद बालकनी में बैठती और सड़क पर आते-जाते लोगों को देखती रहती या सिलाई-बुनाई करती रहती। पाटिल दंपती के आने पर खिड़की बंद हो जाती। ऐसे में भला कॉलोनी की महिलाओं में गजब की बेचैनी हो गई। किटी पार्टीज व ताश पार्टियों में उनकी चर्चा हाने लगी। एक दिन मिसेज शर्मा मिसेज खन्ना से बोलीं, ''अरे, इन मेम साहब को भी मेंबर बनाओ अपने क्लब का।''

''हुँह, इनके तो मिजाज ही नहीं मिलते, मेम साब होंगी तो अपने घर की] जितना ये दोनों मियाँ-बीवी मिलकर कमाते होंगे उतना तो खन्ना साहब एक दिन में कमा लेते होंगे।'' मिसेज खन्ना ने खिन्न होकर कहा।

''और क्या, वो तो मेंबर बनना तो दूर, किसी की ओर देखती तक नहीं।'' मिसेज सिंह को अपना डायमंड सेट पहनना व्यर्थ ही लग रहा था।

उधर, लालाजी की ललाइन बड़ी दुःखी थीं। शेयर दलाल लालाजी रोज आकर हजारों रुपए की थैली उनके हाथ में पकड़ाते तो ललाइन की बड़ी इच्छा होती कि ऊपरवाली मेम साब भी देख लें एक नजर, पर उस किले से किसी का देखना तो दूर, एक आवाज भी सुनाई न देती। खैर, इसी प्रकार छह महीने बीत गए, पाटिल साहब से किसी का भी परिचय न हो सका। लालाजी के हाथ में हर पहली तारीख को किराए का चेक आ ही जाता था, सो समझ में ही न आ रहा था कि पहल कैसे की जाए।

अचानक एक दिन मानों बिल्ली के भागों छींका टूट गया। पोस्टमैन एक तार लाया, जिसे लालाजी ने पाटिल दंपती के घर पर न होने की वजह से रिसीव कर लिया। जब पाटिल साहब घर पहुँचे तो लालाजी ने उन्हें नीचे नहीं रोका, बल्कि ऊपर जाने दिया, फिर थोड़ी देर बाद ऊपर पहुँचकर घंटी बजाई। पाटिल साहब की वृद्धा नौकरानी ने दरवाजा

खोला तो लालाजी बोले, ''पाटिल साहब से ही काम है, उन्हें बुला दीजिए।''

''आप थोड़ा बैठिए, साहब जरा बाथरूम में हैं।'' कहकर नौकरानी अंदर चली गई।

लालाजी लपककर ड्राइंग-रूम में जा बैठे। चारों ओर चौकन्नी नजरों से देखने लगे। उन्हें यह देखकर बड़ी हैरत हुई कि इतने बड़े साहब का ड्राइंग-रूम बड़ा ही साधारण था, न ढंग का सोफासेट, खिड़की-दरवाजों पर मामूली परदे, हालाँकि रूम सुरुचिपूर्ण सजा था, परंतु ढंग का कोई सामान ड्राइंग-रूम में नहीं था। इतने में पाटिल साहब आ पहुँचे, नमस्ते का जवाब देते हुए आने का मकसद पूछा। जवाब में लालाजी ने वह तार पकड़ा दिया। टेलीग्राम पढ़कर पाटिल साहब कुछ गमगीन-से हो गए। लालाजी ने पूछा, ''क्या बात है जी, सब कुशल तो है न?'' उनकी आवाज में अपनेपन का आभास पाकर पाटिल साहब से भी न रहा गया, बोले, ''मेरी दो बेटियाँ वैलहैम्स कॉलेज में देहरादून में पढ़ती हैं, पहाड़ों पर ऐजीटेशन चल रहा है, इसलिए वहाँ से तार आया है कि आकर बच्चों को ले आएँ।''

''तो की गल है जी, तुसी जाकर हूण ही ले आओ। हम आपके घर को देख लेंगे।'' लालाजी ने फौरन मदद का हाथ बढ़ाया।

''घर की चिंता नहीं ब्रदर, पर ये देहरादून आना-जाना हमारे बजट में नहीं था। अब दो-तीन हजार रुपए यूँ ही खर्च हो जाएँगे।'' पाटिल साहब की मजबूरी अब समझ में आई लालाजी को। लालाजी ने पाटिल साहब की ओर देखा और बोले, ''आप बुरा न मानो तो एक सुझाव है जी।''

''हाँ-हाँ, कहिए!'' कहकर साहब ने मुँह के बुझे चुरुट को जलाते हुए चिंतामग्न अवस्था में कहा।

''आप जी, थोड़ा-बोत रुपया शेयर में लगाया करो।'' लालाजी बोले।

''पर हमको शेयर्स के बारे में कुछ नहीं मालूम।'' पाटिल साहब एक्सेंट से बोले।

"अजी, बंदा कब काम आएगा, साड्डा तो धंधा ही ये है।" लालाजी उमगते हुए बोले।

लालाजी आश्चर्यचकित थे कि इस अभेद्य से दिखनेवाले किले को किस कदर महँगाई के चूहों ने खा रखा है। खैर, इसके बाद साहब की दोनों बेटियाँ घर पर आ गईं। लालाजी के यहाँ आना-जाना शुरू हो गया। पता नहीं, लालाजी ने उन्हें क्या गुर सिखाए कि पाटिल दंपती के मुख पर संतोष के भाव रहने लगे, मातृभाषा हिंदी होने लगी। दो बच्चियों के लालन-पालन, उनके कैरियर, शादी की चिंता के बादल छँटने लगे। शेयर की आमदनी से घर भी अच्छा सज गया। इधर, कॉलोनी के निवासियों ने अपने बच्चों को इस बिजनेसवाले माहौल से दूर हॉस्टल में डालना शुरू कर दिया, जिससे वे भी पाटिल साहब जैसे रोबीले अफसर बन सकें।

□

घर का चिराग

आज गाँव के चौधरी के यहाँ तीन बेटियों के बाद भगवान् ने कृपा की और बेटा बख्शा। गाँव भर में कालू नाई थाली बजाता हुआ सबको सूरज के आगमन की सूचना दे रहा था। औरतें लंबे-लंबे घूँघट काढ़े चौधरी की हवेली की ओर बढ़ी आ रही थीं। मंगलगानों से सारी हवेली गुंजायमान हो रही थी। चौधरी की छाती मानो गज भर चौड़ी हो गई। संतू हलवाई के यहाँ से परात-के-परात मिठाई बँटने लगी।

''भई, इस बार तो दिल बाग-बाग हो गया, चौधरी, अब तो जी भर के छकेंगे।'' श्यामू बोला।

''अरे, मैं तो पिला दूँ, पर वो घरवाली की मार भूल गया क्या?'' चौधरी ने चुटकी ली।

''अरे, उसकी ऐसी की तैसी, वो तो जरा टुन्न था, नहीं तो मजाल कि हाथ छोड़ दे। आज चौधरी पिला दे बस, देख? कैसे हड्डियाँ नरम करूँ मैं वा की।'' श्यामू शेर बनके दहाड़ने लगा।

''मतलब ये कि पिलानी पड़ेगी।'' चौधरी हँसे।

''और नहीं तो क्या, इत्ती आसानी से छूट जागा, भगवान् ने बरसों बाद ये दिन दिखाया। आज तो जश्न होगा जश्न।'' शेखर मटककर बोला।

सब लोग ठहाके लगाने लगे। देसी दारू का प्रबंध हुआ, साथ में नमकीन भी। बस, सबने जमकर पी, रात भर खूब हो-हल्ला मचा। बारह

बजे तक महफिल बरखास्त, कोई तो रास्ते में ही ढेर हो गया, तो कोई घर जाकर। औरतों ने सर पीट लिये। जब भी ये दारू गाँव में आती, यूँ ही बावेला मचता। शादी-ब्याह और लड़के होने में जश्न का मतलब दारू पीकर बेहोश होना। खैर जी, बड़े दिनों तक गाँव के चौधरी की दरियादिली की चर्चा रही।

श्यामू की चुटकी लेते हुए उनके बड़े भाई महकू बोले, ''अरे श्यामू, तूने तो लगता कभी संतू हलवाई की दुकान भी ना देखी, तेरे यहाँ तो बस बताशे बँटे।'' श्यामू झेंपकर दूसरी ओर देखने लगा।

श्यामू की कंजूसी जग-प्रसिद्ध थी। कहते हैं कि दावत पर जिस दिन जाना होता, वो दो वक्त पहले ही व्रत रख लेता और आगे के दो वक्त का खाना खाकर ही आता। एक दिन तो कमाल हो गया। घर पर कुछ मेहमान बैठे थे। केतली में चाय बच गई, उधर श्यामू नल पर नहा रहा था, तो एक ने मजाक में कहा, ''ये बची चाय श्यामू को दे दे, लाला।'' ''अरे ताऊ क्यूँ मजाक करो, चाचा तो नहा रहे हैं।''

''अरे, तू देके तो देख।'' और ताऊ का अंदाजा सही निकला—श्यामू ने नहाते-नहाते चाय पी ली। सब खूब हँसे, जब वह कपड़े पहनकर आया तो सरजू ताऊ ने पूछा, ''भाई, सरद-गरम तो ना हो जागा।'' ''ना भाई, यूँ ही थोड़े ना, कसरती बदन है।'' श्यामू चाय पचा गया।

उधर, चौधरी के यहाँ तो मानो बहार आ गई। तीन बहनों का लाड़ला भाई। चौधराइन के लिए तो मानो लड़कियाँ कुछ भी नहीं थीं, बस सूरज को रबड़ी पसंद है, खीर पसंद है। रोज उसके लिए उड़द की दाल बनती, जिस दिन नहीं बनी उस दिन वह थाली उलट देता। आठ साल का होते-होते बहनों से वह तगड़ा लगने लगा था। उनकी चुटिया खींचना, गुस्से में आकर उनपर थूक देना, आँगन में लोट-लोटकर रोना उसकी आदत में शुमार हो गया था। चौधरी तो नीचे बाहर बैठक में होते, गाँव का मामला बाहर बैठक, फिर ऊपर जीना चढ़कर बड़ा सा दालान, उसके चारों ओर कमरे। ऊपर क्या हो रहा है क्या पता! गाँव भर के बच्चे उससे घबराते।

एक दिन गुस्से में गाँव के चंदन के सिर पर ईंट दे मारी। वो तो चौधरी बड़े भले आदमी थे, सो कोई कुछ नहीं कहता। परंतु जल्दी ही चौधरी को भी अहसास होने लगा था कि लड़का बिगड़ रहा है, पर अभी बच्चा है, यह सोचकर चुप रहे।

अकसर ही सूरज बस्ता लेकर स्कूल के लिए जाता, पर स्कूल कभी न पहुँचता, कभी कंचे, तो कभी कबड्डी खेलता रहता। जब एक दिन मास्टरजी शिकायत करने चौधरी के पास आए तो उन्हें साइकिल से धक्का देकर गिरा दिया। बेचारे के हाथ की हड्डी टूट गई। उस दिन चौधरी के गुस्से का पारावार न रहा, पहली बार उन्होंने छड़ी से सूरज की पिटाई की। उधर, चौधराइन ने रो-रोकर बुरा हाल कर लिया; पर ढीठ सूरज की आँख में एक भी आँसू न था। चौधरी को उसी दिन चिंता हो आई, पर करते क्या? उन्होंने एक रिटायर्ड, परंतु बड़े सख्त मास्टर को सूरज को पढ़ाने के लिए अपने घर पर रखा, ताकि वे उसपर नजर रख सकें और सूरज भी पढ़-लिख ले। मास्टरजी के अनुशासन में कुछ दिन तो सूरज रहा, कुछ पढ़-लिख भी लिया, परंतु साल होते-न-होते उसके सब्र का बाँध टूट गया—कहाँ बारह साल का किशोर, पाँच सौ बीघे जमीन का अकेला वारिस—एक मास्टर के अनुशासन में! उसने चुपचाप मास्टरजी के आँख की दवाई में मिर्ची मिला दी। रात को दवाई डालते ही मानो मास्टरजी की आँखें उबलकर बाहर होने को हो गईं, दर्द के मारे प्राण निकलने को हो गए। चौधरी ने गुलाबजल की पूरी शीशी उड़ेल दी, फिर भी चैन न पड़ा। अगले दिन मास्टरजी तोबा करते हुए अपने गाँव वापस चले गए।

इन सभी खुराफातों के चलते सूरज बमुश्किल तमाम नौवीं पास कर पाया, वह भी स्कूल में कुछ शर्म से, कुछ ले-दे के पास कर दिया गया। परंतु बोर्ड की परीक्षा में पास न हो सका। हाँ, कुछ बदमाश लड़कों से दोस्ती करके सत्रह वर्ष की उम्र तक उसने शराब पीना, लड़कियों को छेड़ना, पिता के पैसे चुरा लेना, घड़ी आदि चुराकर बेच देना जैसे गुर सीख लिये।

चौधराइन की सलाह पर कि शादी कर दी जाए तो जिम्मेदार हो जाएगा, चौधरी ने बीस साल का होते ही उसकी शादी अठारह वर्ष की कन्या से कर दी। कन्या भी बड़े जमींदार की बेटी थी। इधर, चौधरी ने हाथ टाइट कर रखा था कि सूरज और न बिगड़े, उधर बहू ने बड़बड़ाना शुरू कर दिया।

एक दिन चौधरी ने उड़ती खबर सुनी कि पास के गाँव में डाका पड़ा और डाके में सूरज भी था। चौधरी ने सिर पीट लिया। जिस गाँव में चौधरी के सामने लोग आँख न उठाते थे, उसकी बात सर्वोपरि रहती थी, वे अब उनसे कन्नी काटने लगे। बैठक में हाजिरी कम रहने लगी। घटना के साल भर के भीतर ही पचास बरस के चौधरी सत्तर वर्ष के बूढ़े लगने लगे। अब तो सूरज उनके सामने भी न पड़ता, खटाखट ऊपर चढ़ जाता, कब आ रहा है, कब जा रहा है कोई समय निश्चित ही न था।

एक दिन चौधरी ने रात भर बैठकर सूरज का इंतजार किया। जब वह दो बजे चोरों की तरह ऊपर जाने लगा तो चौधरी ने आवाज दी, ''बेटा सूरज, आ कभी मेरे पास भी तो बैठ दो घड़ी भर!''

''अब रात बहुत हो गई, मुझे नींद आ रही है।'' सूरज बेरुखी से बोला।

''अपने इस बाप के लिए एक दिन तू आधा घंटा नहीं जाग सकता? आ जा बैठ।'' कहकर चौधरी ने उसका हाथ थामा।

सूरज बेमन से बैठ गया। कहाँ से शुरू करें। चौधरी बोले, ''बेटा देख, मैं तो बूढ़ा हो रहा हूँ, अब ये खेती तू ही करवा, इस बार बँटाई पर देने की बात तू ही करियो।''

''मेरे बस का नहीं है ये काम।'' सूरज तपाक से बोला।

चौधरी ने अपने को जब्त किया और धीमे स्वर में बोले, ''तो बेटा, तू ही तो मेरा वारिस है, इतनी बड़ी जमीन तुझे देखनी तो पड़ेगी ना!''

''अगर आपसे नहीं सँभलती तो बेच डालो, क्या रखा है गाँव में।'' सूरज तेवर में था। इतना सुनना था कि चौधरी के सब्र का बाँध टूट

गया, बोले, "कहता क्या है, तू बेच दूँ इसे, अपने पुरखों की इस हवेली को, अपनी जमीन को। अरे नालायक, इसी ने हमें आज तक जितनी इज्जत और आबरू बख्शी है, वो बेच दूँ।" वे गुस्से के मारे काँपने लगे, लगा हृदय का दौरा पड़ जाएगा। वे छाती दबाकर बैठ गए। सूरज बेपरवाह होकर ऊपर चला गया। ऊपर से बहू ने जोर-जोर से कहना शुरू कर दिया, "अरे, सब जाएँ भाड़ में, हम तो अपने बच्चों को लेकर शहर चले जाएँगे।"

उधर, चौधराइन नीचे उतर आईं। चौधरी पसीने-पसीने हो रहे थे, बाहर से नौकर आ गए, एक साइकिल से जाकर डॉक्टर को ले आया। डॉक्टर ने इंजेक्शन दिया, बोले, "दिल का दौरा नहीं है, पर ध्यान रखना होगा, कोई टेंशन न हो।"

इस बीच सूरज ने शहर में दोमंजिला मकान बना लिया, कुछ बाप की खेती में सेंध लगाई, कुछ अपहरण की वारदातें शहर में करने लगा था। अब उसने गाँव में आना काफी कम कर दिया। अपने बाल-बच्चों को लेकर धीरे-धीरे वहीं रहने लगा। कभी-कभी शान दिखाने के लिए रोब से मारुति गाड़ी में, जेवरों से लदी बीवी के साथ आता, या फिर जब पैसों की दरकार होती। सूरज कब जेल गया, कब छूटा इसकी खबर चौधरी को लगती रहती। चौधरी ने दिल पर पत्थर रख लिया।

एक दिन तो गजब हो गया। साँझ ढलने को थी, किसान अपने घर लौट रहे थे कि देखा धूल उड़ाती पुलिस की जीप चौधरी के घर के सामने रुकी, घर का फाटक खोलकर दो सिपाही अंदर गए और कड़ककर चौधरी को आवाज दी। चौधरी टोपी सँभालते बाहर निकले। डंडा दिखाते हुए इंस्पेक्टर ने पूछा, "कहाँ है तेरा लाड़ला, बाहर निकाल उसे वरना आज तेरी खैर नहीं।" जिस बात का चौधरी को डर था वही हुई। आज तक उसके सामने किसकी मजाल थी जो गरदन ऊँची करके बात करे, पर अपने ही खोटे सिक्के ने ये दिन भी दिखा दिया।

धड़-धड़ करके चार सिपाही ऊपर चढ़ गए। चौधराइन और मैके आई लड़की को धक्का देते हुए सारे कमरों की तलाशी लेने लगे। पता चला कि किसी कत्ल के केस में पुलिस को सूरज की तलाश है। चौधरी गश खाकर गिर पड़े। अचानक बेटन की मार से कराहकर उठे, आँख खुली तो सुना, इंस्पेक्टर चिल्ला-चिल्लाकर चौधरी को, उनके खानदान को गालियों से विभूषित करता हुआ जीप की ओर ले जा रहा था। जिस वारिस के पैदा होने की खुशी में चौधरी ने गाँव भर में जश्न मनाया था, आज उसी कपूत के मरने की दुआ माँग रहा था। धीरे-धीरे साँझ पूरी तरह से ढल गई, सूरज डूब गया और चारों ओर अंधकार-ही-अंधकार छा गया।

□

चाट की दावत

वकील साहब ने आज केस जीता था। बड़े ही अच्छे मूड़ में थे जनाब, पर घर जाकर करेंगे क्या। बीवी तो मैके गई हुई है। इतने में मोबाइल बजा, ''क्यों, जनाब कहाँ पर हैं?'' दूसरी ओर की आवाज पहचान पाते कि फिर आक्रमण हुआ, ''भई, मैं तुम्हारा खादिम, पुराना शुभचिंतक अशोक बोल रहा हूँ। अबे, भूल गया क्या अपने यार को, दो-चार सुनाऊँ हरी-भरी, तभी याद आएगी?''

''ओ हो! ये तो अपने बचपन का दोस्त अशोक है। अरे भई, मेरी ये मजाल कि तुम्हें भूल जाऊँ, शामत बुलवानी है क्या अपनी। कहो, कहाँ से बोल रहे हो?''

''भई, तुम्हारे ही शहर में आए हैं। साथ में संदीप और नीरज भी हैं और तो और, मकान पर ताला लगाकर साले गायब हो, भाभी के साथ गुलछर्रे उड़ा रहे हो, लाहौल विला कूवत।''

''भाभी तो गई है अपने मैके, तुम वहीं ठहरो, अभी दस मिनट में पहुँचता हूँ।'' कहकर वकील साहब ने अपनी गाड़ी स्टार्ट कर दी। दस मिनट के भीतर वे अपने मकान के सामने थे। वहाँ पर सारे दोस्त खड़े खिलखिलाकर बातें कर रहे थे। सब गले मिले। माहौल बन गया कुछ केस जीतने की खुशी का जश्न, बीयर उड़ाई गई जमकर, बातों-ही-बातों में ग्यारह बजने को हो गए। पेट में सबके चूहे कूदने लगे। नमकीन, चना-

चबेना से कहाँ पेट भरे। छोटे शहर का मामला, अब तो सब होटल भी बंद हो गए होंगे। खैर, गाड़ी में लदकर निकले, शायद कोई खाने की जगह खुली हो। पर सब बंद।

अचानक वकील साहब को याद आया कि उनके इलाके में नत्थू चाटवाला है। वह शाम को छह बजे दुकान खोलता है और दस-ग्यारह बजे तक उसके यहाँ लोगों का ताँता लगा रहता है। क्या चाट बनाता है! वाकई हाथ चाटते रह जाओ, बड़े प्रेम से खिलाता है, वहाँ आजमाया जाए। सो वहीं गाड़ी मोड़ दी। नत्थूजी बस दुकान समेट ही रहे थे कि वकील साहब को देखते ही बड़ी आवभगत से बोले, ''क्यों वकील साहब, कैसे आना हुआ?''

''कैसे क्या, अपने यार-दोस्त आए हैं, कुछ खिलाओगे नहीं क्या?''

''जी हाँ-जी हाँ, बैठिए। अरे चंदू, चल बेंच कर बाहर और हाथ धोकर बाबूजी के लिए पत्ते बना।''

सबके साँस में साँस आई वरना आज तो भूखों मरने की नौबत आ गई थी। बाहर बाकायदा दोनों बेंचें डाल दी गईं। चंदू ने अपने साथ सबके हाथ धुलाए और फिर जुट गया। पेट में बीयर ने मानो गड्ढा खोद दिया था। दही की मंगौड़ी, पापड़ी चाट, मटर की टिकिया—मजा आ गया। परंतु पता नहीं क्यों, बीयर के नशे के बावजूद वकील साहब को लगा कि गली के कुत्ते उनके चारों ओर बेचैनी से टहल रहे थे। उनके मुँह पर बड़ा विचित्र-सा भाव था, जिसे वे क्या नाम दें, समझ नहीं आया। जब खा-पी चुके तो सेठजी के लिए बड़ी दुआएँ निकलीं। बोले, ''सेठजी, आज तो मजा आ गया। ले चंदू, ये ले पचास रुपए इनाम और बता कितने का बिल है?''

सेठजी सकपकाए, बोले, ''हें-हें, रहने दीजिए वकील साहब, आपकी ही दुकान है।''

''अरे भाई, अपनी दुकान में भी मैं खाऊँगा तो बिल तो जरूर दूँगा।'' वकील साहब मगन थे।

परंतु इस बार तो सेठजी ने फिर ना कर दी। वकील साहब पर तो बीयर का असर था, वे भी अड़ गए। कहने लगे, ''अजी सेठ, अगर घोड़ा घास से यारी करेगा तो खाएगा क्या? ये क्या कम है कि रात को ग्यारह बजे आपने हमें इतनी उम्दा चाट खिलाई?''

सेठजी हाथ जोड़े, ''साहब, क्या कहूँ, ये जो आप लोग आ गए वरना रात को बची-खुची चाट मैं तो इन कुत्तों को डाल देता था। बताइए, कैसे लें आपसे पैसे?'' ओ हो! वकील साहब का नशा कुछ कम हुआ। वो कुत्तों का चारों ओर मँडराना और आँखों का भाव समझ में आया, ''बेचारे अपना निवाला जाते सोच रहे होंगे कि कहाँ से आ गए ये कुत्ते कहीं के।''

□

घर-आँगन

अविनाश चंद्र अपने सामने रखे आवेदन-पत्रों को बड़े बेमन से पलट रहे थे कि एक आवेदन-पत्र को देखकर चिहुँक उठे। फौरन उसे खींचकर बाहर निकाला और देखा, हू-ब-हू उसकी शक्ल मानो पच्चीस बरस पहले की, उनकी ओर देखकर मुसकरा रही है, लड़के का नाम था शेखर चंद्र। उन्हें अपने वो दिन याद आने लगे जब वे भी स्वयं बीस-बाईस बरस के थे। उनका प्रेम-प्रसंग चल रहा था। दोनों साथ-साथ इकोनॉमी में एम.ए. कर रहे थे। अपनी खिचड़ी दाढ़ी को सहलाते वे उन दिनों में खो गए। 'ये क्या अवि, तुम फिर सिगरेट पी रहे हो?' अनुराधा ने अविनाश के मुँह से सिगरेट निकालकर फेंक दी। 'अब तुम इतना लेट आओगी तो क्या करूँ?' अवि बेशरमों सा हँसने लगा।

'लेट कहाँ आई हूँ? पाँच मिनट की देरी भी कोई देरी है?' अनु झुँझलाई।

'अरे जानेमन, हमारे लिए तो एक मिनट एक सदी के बराबर है।' अवि ने लपककर उसका हाथ पकड़ लिया।

'हटो बेशर्म कहीं के, हुँह!' अनु ने हाथ छुड़ाया।

'बेशर्मी की क्या बात है, शादी अगर पाँच साल तक नहीं हुई तो क्या ब्रह्मचारी बना रहूँगा।' अवि बोला।

'तो कर लो शादी।' अनु ने चिढ़ाया।

'कैसे कर लें, पहले अपनी बहनजी तो निबटें, मम्मी ने बस यही कहा है कि रीता की शादी तक रुक जाओ।'

'फिर चुपचाप बैठे रहो, ज्यादा चालू बनने की कोशिश मत करो।' अनु ने डाँटा।

'सच अनुराधा, क्या जरूरी है शादी का ठप्पा लगने के बाद ही हम एक-दूसरे के हों, क्या तुम्हें मुझ पर विश्वास नहीं?' अविनाश का मन हुआ कि चाँदनी-सी उजली अनुराधा का मुँह चूम ले।

'विश्वास का सवाल नहीं, अवि। मजबूरी है, हमारे समाज की मर्यादाएँ हैं, जिनको मैं कदापि नहीं तोड़ना चाहती।' अनुराधा थोड़ा पास आते हुए उससे सटकर बैठ गई। दोनों हाथ में हाथ डाले बड़ी देर तक बतियाते रहे। बस अनुराधा ने अपने गालों पर हलका सा चुंबन लेने दिया और बॉय-बॉय करके चली गई। अविनाश अब बाईस वर्ष का हो चला था। यौवन उबाल पर था। कभी-कभी वह सोचता कि अच्छा ही था, पहले जमाने में जल्दी शादी कर देते थे। अब छब्बीस-सत्ताईस वर्ष तक तो नौकरी ही लग पाती है, जब उबाल ठंडा होने में आता है तब शादी करो। वह झुँझला उठा।

अनमना-सा उठकर चल पड़ा, क्या करे, कहाँ जाए, घर पर वही मम्मी की स्टीरियो टाइप बातें, रीता का चश्मे को नाक पर रखकर पढ़ाई में लगे रहना उसे कतई अच्छा नहीं लगता। मोटी भी हो गई है, पता नहीं इसकी शादी होगी भी या नहीं। तेईस बरस की हो गई है, पढ़ाई में मामूली है। अविनाश को तो अनुराधा जैसी चहकती, हँसती, अक्लमंद लड़कियाँ पसंद हैं। पढ़ने-लिखने में भी अव्वल और सुंदरता में भी। अनु की याद आते ही उसके कदम तेज हो गए।

घर पहुँचकर वह सीधे अपने कमरे में चला गया। माँ पीछे-पीछे आईं, बोलीं, 'अविनाश बेटा, आज फिर लाइब्रेरी में देर हो गई क्या? चाय लाऊँ?'

‘हाँ मम्मी, प्लीज एक जग चाय बनाकर मेरे पास रख दो। मैं रात को पढ़ूँगा।’

‘इतनी मेहनत मत किया करो, बेटा।’

‘ओ मम्मी, अगर कुछ बनना है तो पढ़ना तो पड़ेगा ही। आप चिंता मत करना, एम.बी.ए. करते ही रीता की शादी का इंतजाम पक्का।’

‘तब तक तो रीता छब्बीस-सत्ताईस की हो जाएगी। बड़ी मुश्किल में जान है, लाख-दो लाख के रिश्तों को तो कोई पूछता नहीं।’ माँ बड़ी निराश-सी थीं।

‘तो बताओ, किया क्या जाए, इसमें ऐसी कोई क्वालिटी भी तो नहीं है कि किसी को पसंद आ जाए।’ अविनाश बिफर उठा।

‘बेटा, सरोज की माँ आज फिर आई थी। कह रही थी कि तुम उन्हें बड़े पसंद हो। कैश में दो लाख देने को तैयार है, शादी भी अच्छी करेंगे।’ माँ झिझकते हुए बोली थी।

‘तो क्या मेरी बोली लगने लगी है? माँ, अगर तुम चाहती हो कि मैं कुछ बन सकूँ, प्लीज ऐसी बातें होती भी हों तुम्हारे सर्कल में, तो मुझे मत बताया करो।’ अविनाश का मन उचट गया।

माँ बेचारी निराश कदमों से लौट गईं। अविनाश को बीच में एक महीने का ब्रेक मिला था। एम.ए. इकोनॉमी से करते ही एक कंपनी में जॉब मिल गया था। पंद्रह-बीस दिन बाद जॉइन करने चला जाएगा। एक साल बाद जमकर एम.बी.ए. की तैयारी भी करेगा, जिसके बाद एक से एक बढ़िया सर्विस मिलेगी। बस, तीन साल और। पर ये पहाड़ से दिन कैसे कटेंगे, ऊपर से रीता की शादी की दोधारी तलवार। आजकल कोचिंग क्लासेस भी तो कितनी महँगी हो गई हैं! खुद ही अभी से मेहनत करूँगा तब जाकर तैयारी हो पाएगी। जॉब के दौरान समय मिले, न मिले।

अविनाश जॉब के लिए हैदराबाद चला गया। दिन-रात की मेहनत में सचमुच पढ़ने का मौका ही न मिलता। परंतु किसी प्रकार से समय निकालकर अविनाश पढ़ाई करता। तनख्वाह से बहुत कम पैसा बचता,

क्योंकि खर्चे रहने, खाने-पीने के ही खूब हो जाते। अनुराधा से खतों-किताबत चलती रही। साल भर हो गया अब आठ दिन की छुट्टी मिलेगी, उसमें जरूर घर आएगा। घर पहुँचा, घर में मानो बहार आ गई, रीता ने भी एम.ए. कर लिया और बैंक के क्लेरीकल एक्जाम में पास हो गई थी। माँ की तपस्या सफल हुई। रीता का इंटरव्यू भी अच्छा हुआ और उसे नियुक्ति मिल गई। अविनाश की खुशी का ठिकाना न था, अब तो कोई चिंता नहीं। कमाऊ लड़की के लिए रिश्तों की क्या कमी। वह मिठाई लेकर अनुराधा के पास पहुँचा, साल भर बाद मिले थे। अनुराधा कुछ अनमनी-सी थी। जब अविनाश से मिली तो आँखों में आँसू थे। उसके पिता भी उखड़े से लगे। आँखों-आँखों में अविनाश ने पूछना चाहा, तो उसने 'बाद में बताऊँगी', कहकर उसे विदा किया।

शाम को दोनों छत पर मिले, दुनिया की नजरों से दूर छिपकर बैठ गए। अनुराधा गले लग गई, बोली, 'अविनाश, पापा और इंतजार नहीं करेंगे। क्या करूँ मैं?'

'मैं करूँगा तुम्हारे पापा से बात, इस तरह से वह हमारी जिंदगी तबाह नहीं कर सकते।' अविनाश अनुराधा से सटकर बैठ गया।

'नहीं अविनाश, वे नहीं मानेंगे। चलो, हम लोग भाग जाते हैं। तुम चाहे एक कमरे में रहो, मैं वहीं रह लूँगी। थोड़े में ही काम चला लूँगी।' अनुराधा ने विनय की।

'पर अनु, मेरे साथ तीन लड़के और रहते हैं। हम अपना फ्लैट शेयर करते हैं वरना दस हजार किराया देकर क्या बचेगा मेरे पास।' अविनाश की भी मजबूरी थी।

'मैं तुम्हारे बिना नहीं रह सकती।' जो अनुराधा अविनाश को हमेशा दूर-दूर रखती थी, उससे मानो भय से कि उन्हें कोई अलग न कर दे, चिपट गई।

अविनाश किंकर्तव्यविमूढ़ हो गया, हवा में हलकी सी ठंडक थी, अनुराधा के सान्निध्य एवं स्पर्श से उसका मन उद्वेलित हो गया। साँझ ढल

चुकी थी, अँधेरा छाने लगा था। युगल प्रेमी दुनिया को भूलकर एक हो गए। अनुराधा भाव-विह्वल थी ही, सो सब कैसे हो गया, पता भी न चला। जब होश आया तो दोनों ने अचकचाकर अपने को व्यवथित किया। अनुराधा स्त्री-सुलभ आशंकावश मुँह पर हाथ रखकर रोने लगी। अविनाश ने उसका हाथ पकड़ा और वादा किया कि अगली बार वह जल्द ही आएगा और उसके पिता से उसका हाथ माँग लेगा। भरे मन से दोनों अपने-अपने घर चले गए।

हैदराबाद लौटने के दो दिन बचे थे। लाइब्रेरी से अविनाश घर लौटा तो घर पर अलग भूचाल मचा था। माँ रीता को कोस रही थी। अविनाश के पूछने पर पता चला कि रीता अपने ही साथ के किसी निचली जाति के व्यक्ति के साथ विवाह करना चाहती है। माँ को ये कतई मंजूर नहीं, परंतु वो अड़ी हुई थी। अविनाश ने भी समझाया, पर बात वहीं-की-वहीं रही। ऐसे माहौल में अविनाश ने अपना जिक्र करना व्यर्थ समझा। रीता को रोक पाना असंभव था, वह अगले दिन उस लड़के को घर ले आई, अच्छा-भला सा लग रहा था, सर्विस में भी था। ऐसा लड़का अपनी जाति में पाँच लाख में भी न मिलेगा। इसी चक्कर में कि शादी की जाए अथवा नहीं, यूँ ही चार-पाँच दिन निकल गए। माँ ने तो अनशन सा ही कर लिया। 'अच्छा, बाद में देखेंगे' कहकर अविनाश ने बात को टालना चाहा, परंतु लड़के के माता-पिता आ धमके। जरा सी उम्र में वह क्या करे, आज अविनाश को अपने पिता की कमी बहुत खल रही थी। इधर, माँ का रो-रोकर बुरा हाल, उधर लड़केवाले बैठे थे। वह दौड़कर अनुराधा के पिता को बुलाने गया। परंतु वहाँ पर जाकर उसे अपनी भूल का अहसास हुआ। अनुराधा के पिता को इनकी मुलाकात का आभास हो गया था। वे भरे बैठे थे, सो जो मुँह में आया कह दिया और अविनाश अपमानित होकर वापस आ गया। जाने से पहले मामला निबटाना था, सो माँ की बात न मानकर उसने लड़केवालों को मना भी लिया और फौरन रजिस्टर्ड मैरिज के लिए आवेदन दिलवा दिया। तय

हुआ कि शादी एक महीने बाद सीधे-सादे ढंग से कर दी जाएगी। न उनकी कुछ माँग थी, न इनकी देने की हैसियत।

हैदराबाद वापस आकर अविनाश ने एक महीने बाद की छुट्टी का आवेदन दे दिया। आते वक्त उसे अनुराधा से मिलने तक नहीं दिया गया। एक महीने का वक्त ऐसे बीता जैसे सौ युग। चार दिन की मुश्किल से छुट्टी मिली थी। घर पर माँ ने जो कुछ भी किया, बेमन से किया। अनुराधा के घर से कोई भी नहीं आया, अविनाश को तो होश ही न था। जाते वक्त बहन को विदा कर जब माँ के पास बैठा तो माँ ने बताया कि अनु की शादी उसके पिता ने जल्दी-जल्दी कहीं कर दी और हमें बुलाया तक नहीं। कहते हैं, महीने भर उसे घर में ही कैद रखा। उसने अपने खून से पत्र भी लिखा, पर जज साहब न पिघले, और बस शादी के समय बाहर निकाला। रोती-बिलखती अनुराधा ससुराल चली गई। अविनाश अंदर से टूट गया, माँ के कंधे पर हिचकी ले-ले रोने लगा। माँ को भी अनुराधा बहुत पसंद थी। कुछ लड़की के किए का मलाल था, सो दोनों माँ-बेटे एक-दूसरे के दुःख को आँखों के जरिए बहा रहे थे।

हैदराबाद वापस जाना था। वहाँ पर अविनाश ने जी-तोड़ मेहनत की और एम.बी.ए. के लिए आई.आई.एम. बंगलौर में सेलेक्ट हो गया। बस लोन आदि लेकर उसने दो साल में एम.बी.ए. कर लिया और वहीं से एम.एन.सी. में चयनित होकर अच्छी तनख्वाह पर लग गया। माँ को पास बुला लिया। पिछले तीन सालों में अविनाश मानो कितना बड़ा हो गया। छब्बीस वर्ष तक संघर्षमय जीवन के बाद सुकून के दिन आए, वो भी सीने में एक कसक लिये। अनुराधा को भुलाना नामुमकिम था, सो शादी की बात हमेशा टाल दिया करता। माँ ने भी अब कहना बंद कर दिया। जिंदगी की गाड़ी यूँ ही चलती रही। पच्चीस साल हो गए, अविनाश आज भी अनुराधा का स्पर्श महसूस करता है।

इस आवेदन-पत्र में अपनी प्रतिकृति देखकर उसे विश्वास नहीं हुआ। अच्छा हुआ, दाढ़ी बढ़ा रखी थी वरना कोई भी पहचान लेता। उन्होंने

शीघ्र ही इंटरव्यू की तारीख निश्चित की और अन्य युवकों को नियुक्ति-पत्र भेजने को कहा।

नियत दिन शेखर एवं अन्य युवक इंटरव्यू के लिए आए। जब शेखर अंदर पहुँचा तो पच्चीस वर्ष पहलेवाला अविनाश ही था। पर यह क्या, शेखर की आँखें भी अविनाश की ही भाँति सूनी थीं, साधारण से लिबास में था। अविनाश ने तो सुना था कि अनुराधा का ब्याह बड़े ही संपन्न एवं योग्य वर से हुआ था। शेखर को देखकर मानो उसकी छाती फटने लगी, मन किया कि गले से लगा ले। हो, न हो यह उसी का पुत्र है। शेखर हालाँकि गरीब लग रहा था, परंतु आत्मविश्वास कूट-कूटकर भरा था, अपने विषय में एक्सपर्ट। नियुक्ति-पत्र उसी के हाथ लगा।

अविनाश अगर अपनी शाखा में नियुक्ति देते तो सारे ऑफिसवालों को कालांतर में पता चल ही जाता, अब तक तो किसी ने ध्यान नहीं दिया, यहाँ तक कि शेखर ने भी। अतः शेखर को पास ही मैसूर की शाखा में नियुक्ति दी गई। जब वह धन्यवाद के लिए आया तो उसने विनती की कि वह अपनी माँ को लेने दिल्ली जाएगा, परंतु एक हफ्ते में लौट आएगा। अविनाश से रहा नहीं गया, उन्होंने पूछा, ''तुम्हारे माता-पिता दिल्ली में हैं?''

''जी नहीं, पिताजी को तो मैंने कभी देखा नहीं, माँ हैं केवल।'' शेखर ने बताया।

''ओ! आय एम सॉरी, तुम्हारे पिता जल्दी ही गुजर गए थे?'' अविनाश से रहा नहीं गया।

''जी नहीं, उन्होंने तलाक ले लिया था। तब मैं बहुत छोटा था, मुझे याद नहीं।'' शेखर बोला। ओ···कहकर अविनाश खामोश से हो गए।

अब अविनाश क्या करे? जिस अनु के लिए वह अब तक तड़पता रहा, क्या वह भी यूँ ही तड़पी है, क्या उसने अविनाश को अब तक नहीं भुलाया। गरीबी में रहकर उसके बच्चे को यत्न से पाल रही है। कितनी सूनी थीं मेरे बच्चे की आँखें। वह घर आया। माँ ने जब जूस

लाकर सामने रखा तो माँ के गले लगकर उसका मन हाहाकार करने लगा। माँ घबरा गई, उसने अपने पल्लू से उसकी आँखें पोंछी, ''बता मेरे बेटे, क्या हुआ?''

''माँ, क्या बताऊँ, मैं इतनी ऊँची जगह पर बैठा हूँ; पर मेरा अपना बेटा दिल्ली में गरीबी के दिन गुजार रहा है।'' अविनाश का दिल रो रहा था।

''ये क्या कह रहा है तू, तेरा बेटा?'' माँ समझ न पाई।

अविनाश के सब बताने पर माँ बोली, ''जा बेटा, तुझे पता तो मालूम ही है। अपने बेटे के साथ मेरी बहू को भी घर ले आ, मेरा घर-आँगन सूना पड़ा है।''

अविनाश फौरन अपनी गाड़ी लेकर, शेखर जिस धर्मशाला में टिका था, वहाँ पहुँच गए। शेखर किंकर्तव्यविमूढ़-सा होकर बाहर आया तो अविनाश ने उसे गले लगा लिया। वह कुछ समझ न पाया।

अविनाश शेखर को लेकर हवाई जहाज से दिल्ली पहुँचे। पुरानी दिल्ली के गंदे से मुहल्ले में अनुराधा किसी प्रकार अपना जीवन-यापन कर रही थी। छोटी-मोटी नौकरी कर उसने बेटे को पढ़या जरूर। अचानक अपने घर के सामने टैक्सी से बाप-बेटे को उतरते देख मानो बुत सी खड़ी रह गई। अविनाश ने जब माँ का हाथ छुआ तो चेतना में आई और आँखों से झर-झर मोती बहने लगे। अविनाश उसे अंदर ले गए, शेखर तो मानो दिवास्वप्न देख रहा था। अनुराधा बहुत दुबली हो गई थी। उसने बताया कि पापा ने जबरदस्ती शादी तो कर दी, परंतु उसने पहली रात ही अपने पति को सबकुछ बता दिया। और जब उसे पता चला कि वह माँ बननेवाली है तो उसने उसे तलाक दे दिया। फिर तो मानो दुःखों का पहाड़ टूट पड़ा। माँ ने उसे पास भी न फटकने की हिदायत दे दी। तब वह अपनी सखी रीमा के पास दिल्ली आई। उसने उसे टीचर की नौकरी दिलाई और रहने को यह घर। तब से संघर्ष करते हुए उसने अपने बेटे को पढ़ाया-लिखाया और काबिल बनाया।

अविनाश और अनुराधा दोनों एक-दूसरे का दुःख बाँटते रहे, तब तक शेखर बाजार से पूड़ी-कचौड़ी और सब्जी ले आया। अनु ने फटाफट चाय बनाई। अविनाश का मन तृप्त हो गया, संतान का सुख, पत्नी का सुख देर से ही सही, उसके हिस्से में आया तो।

उसने अनु का हाथ अपने हाथ में लेकर कहा, ''अनु, मैं और मेरी माँ आज तक तुम्हारी राह देख रहे हैं। आओ, मेरे साथ चलकर मेरे घर-आँगन को आबाद कर दो।''

अनुराधा और शेखर, दोनों अविनाश के गले लग गए।

□

दर्द

श्री विशंभरदासजी सुपरिंटेंडेंट इंजीनियर थे। बड़ी ही शान-शौकत से रहते। उन्होंने हमेशा बड़े लोगों की सोहबत पसंद की, छोटे लोगों को तो वे कभी मुँह भी न लगाते। मुँह में चुरुट दबाए जब अपनी कोठी से निकलते, सारे चपरासी बीड़ी फेंककर सावधान की मुद्रा में खड़े हो जाते। दहेज के साथ आई उनकी अर्द्धांगिनी दमयंती की भी कम शान न थी। लिपस्टिक हमेशा होंठों पर विराजमान, सुबह उठकर कंघा करके ही बाथरूम जाती। आज तक घरेलू कपड़ों में अथवा यूँ ही बाल बिखेरे घूमते हुए उन्हें किसी चपरासी तक ने नहीं देखा था। दास दंपती को सबसे बड़ी पुत्री के बाद तीन पुत्र पैदा हुए। पुत्री व दो बड़े पुत्र तो बड़े ही अक्लमंद, हुनरमंद और अपने माता-पिता की तरह बड़े शौकीन थे। परंतु भगवान् की छड़ी कहीं तो मार करेगी वरना दर्द का पता कैसे चलेगा, सो विशंभरदासजी का सबसे छोटा पुत्र असामान्य पैदा हुआ। कारण तो किसी को भी समझ न आया कि तीन जहीन औलादों के बाद सबसे छोटा ही क्यों ऐसा हुआ; परंतु इस मामले में मियाँ-बीवी, दोनों लाचार थे। घर पर पार्टी आदि होती तो बच्चे किसी से मिलते-जुलते तक न थे, क्योंकि परिचय तो सभी से कराना पड़ेगा, सो ज्यादातर लोग जानते भी न थे कि दास दंपती का छोटा बेटा असामान्य है।

अपनी बड़ी बेटी सरिता का विवाह दासजी ने जल्दी ही कर दिया। ग्रेजुएट होते ही बिटिया ससुराल चली गई। शादी में लोगों ने देखा कि उनके तीनों बेटे सुनील, अनिल और सलिल बड़े ही सुंदर, लंबे और नौजवान हैं। देखने में तो सलिल भी बड़ा ही बाँका नौजवान लगता था, परंतु जब उसे दौरे पड़ते तो किसी के काबू में नहीं आता। उत्तेजित होने पर उसके हाथ-पाँव ऐंठने लगते, मुँह से झाग निकलने लगता और फिर कपड़े फाड़ने शुरू कर देता। जैसे-जैसे किशोर होता गया, ये दौरे कम होने की बजाय बढ़ते गए। डॉक्टरों ने बताया कि हारमोनल परिवर्तन है, ये तो इस उम्र में बढ़ेंगे ही। परंतु इस बात की बाहर किसी को कानो-कान खबर नहीं थी, वैसे भी किसी चपरासी को अंदर आने की मनाही थी। एक आया थी, जो अंदर का सारा काम-काज देखती। वह काफी बूढ़ी थी और इस परिवार के साथ पता नहीं कब से जुड़ी हुई थी। सरिता के ससुराल जाने के बाद सलिल अकेला हो गया। सरिता उसके पास काफी समय गुजारती। उसके साथ खेलती, उसे पढ़ाती। कपड़े पहनने आदि का सलीका सरिता ने ही उसे सिखाया, हालाँकि दोनों भाई भी उसपर जान छिड़कते थे; परंतु अब समय ऐसा था कि पढ़ाई का जोर काफी हो गया। बड़ावाला सुनील रुड़की इंजीनियरिंग के कंप्टीशन में बैठा था और अनिल इंटर की पढ़ाई में लगा था। अब सलिल को ज्यादा दौरे पड़ने लगे। कभी-कभी तो काफी दवाइयाँ खाने के बाद ही वह काबू में आ पाता।

सरिता की शादी एक पी.सी.एस. अधिकारी से हुई थी। सुनील इंजीनियरिंग में आ गया और अनिल इंटर में अच्छे नंबर लेकर दिल्ली में अर्थशास्त्र में ग्रेजुएशन के लिए चला गया। विशंभरदासजी की खुशी का ठिकाना न रहा। तीनों बच्चे अच्छी जगह सेटल हो गए। अपना कोठीनुमा मकान मेरठ में है ही, अब क्या चिंता! उनका रुतबा अपनी सोसाइटी में और बढ़ गया। अब वे क्लब जाते तो सब पूछते कि सबसे छोटे बेटे सलिल को किस लाइन में भेज रहे हैं, इसपर विशंभरदासजी मुँह में चुरुट दबाए बड़ी शान से कहते, "अरे, तीनों बड़े बच्चे तो एक-एक करके

चले गए। अब छोटे को नहीं जाने दूँगा। फिर धीरे से अपने बगलवाले मित्र को बताते कि उसे तो वे साथ रखेंगे और बाप-बेटे मिलकर बिजनेस करेंगे कोई।''

इसपर लाल साहब ने पूछा, ''भई, छोटे के प्रति इतना लगाव क्यूँ, दोनों बड़े बेटों में से भी तो एक को आप चुन सकते थे बिजनेस के लिए?''

''अरे, मैं अभी रिटायर कहाँ हुआ हूँ, पाँच साल हैं अभी तो, तब की तब देखी जाएगी। तुम चिंता न करो, पत्ते बाँटो।'' और ब्रिज का गेम फिर जोर-शोर से चल पड़ा।

दास दंपती को, उनके बच्चों को सलिल से बड़ा लगाव था। कभी-कभी दोनों मियाँ-बीवी चिंता में पड़ जाते कि उनके बाद उनके इस पुत्र की देखभाल कौन करेगा। चलो, बड़े बेटे तो अपनी नौकरी में लग जाएँगे, शादी हो जाएगी। तब इनकी बीवियाँ सलिल को साथ रखना कतई पसंद नहीं करेंगी। जमाने का दस्तूर है—जिसकी पीर, वही जाने।

इस प्रकार काफी समय बीत गया। सुनील कंप्यूटर इंजीनियर बन गया, अनिल ने अपने एम.ए. के बाद अहमदाबाद से एम.बी.ए. किया और बंगलौर में एक बड़ी कंपनी में मैनेजर के पद पर कार्य करने लगा। सुनील को भी दिल्ली में बड़ी अच्छी नौकरी मिल गई। विशंभरदासजी चीफ इंजीनियर होकर रिटायर हुए और मेरठ में आकर अपने महलनुमा मकान में बस गए। लड़के के नाम ठीकेदारी करने लगे; हालाँकि अब नौकर-चाकर इतने तो न थे, परंतु पहले ही उन्होंने अपनी कोठी के साथ चार नौकरों के लिए क्वार्टर बनाए थे, सो वहाँ रहने के एवज वे नौकर सदैव उनकी सेवा में उपस्थित रहते। आया अब भी संग थी। उनकी शान-शौकत में कोई कमी नहीं आई। दोनों बेटों के लिए अनन्य सुंदरियों के अमीर माता-पिताओं के रिश्ते आने लगे। जब देखो, कोई चाँदी के डिब्बों में सूखे मेवे लिये आ रहा है, कोई कार-बँगला-मोटर देने की बात कर रहा है। दास दंपती का सर ऊँचा ही रहना था, सो रहा। जब बेटे इस बार

दिवाली पर घर आए तो उनसे कन्या का चुनाव कर लेने को कहा गया। सुनील व अनिल ने दो लड़कियों के लिए, जो सचमुच बड़ी सुंदर थीं और अमीर भी, अपनी शादी के लिए हाँ कर दी। बड़े दिनों बाद घर में उत्सव का माहौल बना था। सरिता मय दोनों बच्चों के मायके आ गई। जोरों से खरीदारी शुरू हो गई। बनारस से साड़ियाँ आएँगी, डायमंड की ज्वैलरी तो मुंबई से या अहमदाबाद से खरीदनी होगी "अरे, अपनी बूआ को लिख दे, सरिता। वे लाएँगी दानों बहुओं के लिए हीरों के सेट, पैसे उन्हें मय ब्याज के दे देंगे, जब वे यहाँ आएँगी।" दिल्ली जाकर बाकी ड्रेसेज-ज्वैलरी की खरीदारी होने लगी। बच्चे अपने सबसे छोटे मामा के पास बने रहते। हाँ, जब कभी सलिल को दौरा पड़ता, उन्हें दूसरे कमरे में भेज दिया जाता।

सरिता अपनी सहेली के साथ बनारस जाने का प्रोग्राम बना ही रही थी कि आया आई और बोली, "सलिल भैया बुला रहे हैं आपको।" सरिता दौड़ी गई, देखा सलिल बड़ा उदास बैठा है। अचानक सरिता का हाथ अपने हाथ में लेकर बोला, "दीदी, दोनों भैया की शादी हो रही है, क्या मेरी शादी नहीं होगी?" सरिता हतप्रभ रह गई, फिर संयत होकर बोली, "अरे, क्यों नहीं होगी मेरे राजा भैया की शादी, पर ये दोनों भैया तो तुमसे बड़े हैं, इसलिए इनकी पहले होगी, फिर तेरी होगी।"

"सच दीदी, खाओ मेरी कसम!" सलिल बोला।

"अरे बुद्धू! तू तो बड़ा उतावला है। ऐसे कभी कोई अपनी शादी की बात करता है क्या?" सरिता टालना चाह रही थी। परंतु सलिल अड़ गया, कहने लगा, "खाओ मेरी कसम कि मेरी भी शादी ऐसे ही होगी।" सरिता असमंजस में पड़ी रही, पर फिर सलिल की आँखों का भाव पढ़कर बोली, "अच्छा भाई, तेरी शादी ऐसे ही क्या इससे ज्यादा धूमधाम से होगी, बस खुश रह तू।" फिर सरिता ने उसे बैठाया, काफी उत्तेजित था सलिल, उसे दवाई दी, आया से जूस लाने को कहा और गोद में उसका सिर रखकर बोली, "तुझे ऐसा क्यों लगा कि हम तेरा ब्याह नहीं करेंगे?"

''क्यों, मुझे कहाँ पापा ने बाहर पढ़ने भेजा, किसी से मिलाते भी नहीं?'' सलिल ने शिकायत की।

''अरे मेरे राजा भैया, तू बीमार हो जाता है न और मम्मी-पापा सबसे ज्यादा तुमसे प्यार करते हैं, इसलिए नहीं जाने दिया तुझे बाहर, चल सो जा जूस पीकर।'' उसे जूस पिलाकर सरिता बाहर आई कि माँ दिखाई दी। सरिता माँ के गले लगकर रोने लगी। माँ के पूछने पर सारी बात बताई तो अचानक मानो दमयंती ने ठान लिया, बोली, ''अरे, तू क्यों रोती है, सलिल के लिए मैं इन दोनों बहुओं से भी ज्यादा सुंदर और पढ़ी-लिखी बहू लाऊँगी।'' सरिता चकित रह गई।

''क्या कह रही हो माँ, होश में भी हो, ऐसे लड़के से कौन शादी करेगी, क्या किसी लड़की का जीवन बरबाद करोगी तुम?''

''बरबाद क्यों होगा, हमारा जो कुछ है उसका आधा हिस्सा हम सलिल को देंगे। सुंदर है, जवान है वो, घर में कुछ कमी नहीं, फिर उसकी शादी क्यों न हो?'' माँ बोली।

''तो क्या पैसे-लत्ते के सहारे कोई लड़की अपना जीवन बिता लेगी?'' सरिता उत्तेजित हो गई।

''क्यों नहीं, हम अभी जिंदा हैं, अभी चल, तुझे बनारस जाना है, तैयारी कर ले। सलिल की शादी में बुलाऊँगी तो हीरों का सेट तेरे लिए भी बनवाऊँगी।'' कहकर दमयंती हँस दी, मानो कोई बात ही न हुई हो।

खैर, बात आई-गई हो गई। सरिता ने समझा कि माँ भावावेश में बोल रही है यह सब। दानों शादियाँ इतनी जोरों की हुईं कि सारे मेरठ में धूम मच गई। दोनों बहुएँ भी पढ़ी-लिखी, सुंदर और सुशील आईं। जब मुँह-दिखाई हुई तो सबने बहुओं की बड़ी तारीफ की। तब दमयंती बड़े दर्प के साथ बोली, ''देखना, अपने छोटे बेटे सलिल के लिए मैं इनसे भी सुंदर और गुणी बहू लाऊँगी। बताना अगर कोई नजर में हो तो। पढ़ने-लिखने में अपने भाइयों जैसा तो नहीं, पर हमारी आधी संपत्ति का मालिक वही होगा और विजनेस जो छोड़ जाएँगे, वो अलग।'' लखनऊ

से अधिशासी अभियंता कमल किशोरजी की पत्नी विमला ने तब एक रिश्ता बताया, बोली, ''खानदान के तो बड़े अच्छे हैं, लड़की के पिता श्री सुरेश चंद्रा कमल किशोरजी के साथ ही थे, बेचारे जल्दी ही गुजर गए, तब नंदिनी चार साल की रही होगी। आजकल श्रीमती चंद्रा और उनकी इकलौती बेटी लखनऊ में ही हैं, वे किसी स्कूल में अध्यापिका हैं, लड़की नंदिनी बहुत ही सुंदर है, एम.ए. है। आपके लायक तो नहीं, पर आप कहें तो बात कर लूँ मैं।''

''अरे, हाँ-हाँ, आप बात चलाइएगा, लड़के का फोटो मैं दे देती हूँ और लड़की का फोटो व बॉयोडेटा आप भेज देना।'' कहकर दमयंतीजी ने फौरन चमचमाते शेल्फ पर रखे अलबम से सलिल का एक फोटो निकालकर दे दिया।

दोनों बहुएँ तीन-चार दिन ससुराल रहकर अपने-अपने घर यानी दिल्ली और बंगलौर चली गईं। इधर, विमलाजी ने दमयंती को फोन पर बताया कि श्रीमती चंद्रा बहुत ही खुश हैं। वे चाहती हैं कि आप लड़की देख लें और रिश्ता पक्का करा लें। उनकी लड़की खुश रहे बस, उन्हें और कुछ नहीं चाहिए। सो फिर क्या था, सरिता और विशंभरदासजी के विरोध करने पर भी दमयंती नहीं मानी और उन्हें चेतावनी भी दे दी कि ''अगर अड़ंगे लगाए तो वे अकेली ही लड़की को देख आएँगी और सलिल का ब्याह कर देंगी।'' सरिता और विशंभरदासजी ने भी देखा कि इन दिनों जब सलिल की शादी की बात होती है वह बड़ा खुश लगता है और दौरे भी कम पड़ने लगे हैं उसे। सो वे भी भारी मन से मान गए, क्या पता शादी के बाद बिलकुल ठीक हो जाए! इस प्रकार नंदिनी को देखने तीनों ही गए। श्रीमती चंद्रा बहुत ही सुलझे विचारों की पढ़ी-लिखी महिला थीं। अपनी बेटी को उन्होंने बड़े लाड़-प्यार से पाला था। भौतिक सुख वे अपनी पुत्री को नहीं दे पाईं, इसलिए चाहती थीं कि कोई हमदर्द-सा परिवार मिले, लड़का सीधा-सादा हो। चूँकि ये लोग बड़े भले लगे और फिर पैसे की माया किसे नहीं होती, सोचा—

बेटी अब तक तो अभावों में रही है, अब ठाटबाट से राज करेगी, ससुराल में लड़का कम पढ़ा-लिखा है तो क्या है, बढ़िया ठीकेदारी चलाता है। शीघ्र ही दमयंती ने चमचमाती तीन-चार तोले की चेन निकाली और नंदिनी को पहना दी। रिश्ता पक्का हो गया। माँ से तो कोई तर्क करना फिजूल था, परंतु सरिता नंदिनी को देखते ही समझ गई कि ये लड़की बड़ी स्वाभिमानिनी, सच्चरित्र व समझदार है। पिता के गुजरने के बाद अपनी माँ के साथ इसने बड़े कष्ट उठाए हैं। उनका तेज उसके चेहरे पर विद्यमान है। दास दंपती ने सलाह दी कि अभी तो वे दोनों बेटों की शादी से निवृत्त हुए हैं, सो अगर मिसेज चंद्रा चाहें तो वे शादी यहीं लखनऊ में आकर कर दें। मिसेज चंद्रा को कोई तकलीफ नहीं होगी और चूँकि वैसे ही घर सामान से भरा पड़ा है, अत: वे जो चाहें अपनी बेटी के नाम कैश कर दें, हमें कुछ नहीं चाहिए। अंधे को क्या चाहिए, दो आँखें। मिसेज चंद्रा निहाल हो गईं। अपनी बेटी के लिए इतने सुलझे हुए लोग मिलेंगे, उन्होंने सोचा भी न था। उनके थोड़े-बहुत रिश्तेदार लखनऊ में थे, सो लखनऊ में ही शादी हो, यह तय हुआ। विशंभरदासजी ने अपने कुछेक रिश्तेदारों को ही बुलाया और दो-चार मेहमान बस, सीधे-सादे तरीके से शादी संपन्न हो गई। गनीमत यह हुई कि शादी के समारोह के दौरान सलिल बहुत ही खुश रहा और उसे दौरे नहीं पड़े। दूसरे दिन बहू को विदा कराके दास परिवार वातानुकूलित श्रेणी में दिल्ली के लिए लौट रहे थे। सलिल और नंदिनी के साथ सरिता व उसका बेटा एक ही कूपे में थे। रात का सफर था। नंदिनी ने हलका-सा मेकअप कर रखा था और एहतियात के तौर पर गहने बहुत कम पहने थे। सब सोने की तैयारी करने लगे। सरिता बहुत थकी हुई थी, सो वह तो पड़ते ही खर्राटे लेने लगी, बेटा भी सो गया। नंदिनी अपने सुखद भविष्य के सपने देखती सोने ही वाली थी कि उसे लगा अजीब सी आवाज आ रही है। उसने नाइट लैंप जलाया तो उसका दिल धक से रह गया। सलिल उसके ऊपर झुका हुआ था। उसने घबराकर ऊपर की बर्थ पर देखा,

सरिता निश्चिंत सोई हुई थी, फिर भी उसने हलके से सलिल को हटाया, बोली, ''दीदी ऊपर हैं, देख लेगीं तो क्या सोचेंगी, जाइए प्लीज सो जाइए।'' परंतु सलिल ने उसका हाथ इतनी मजबूती से पकड़ लिया कि उसे लगा जैसे लोहे की जंजीर हो, वह घबरा गई। धीरे से बोली, ''प्लीज स्टॉप दिस!'' परंतु सलिल मानो जानवर की तरह हो गया। जब नंदिनी ने विरोध किया तो देखा उसके हाथ-पाँव ऐंठ रहे हैं, मुँह से झाग निकल रहा है, बिलकुल पागल-सा लग रहा है। नंदिनी को अपनी दुनिया लुटती दिखाई दी। कितनी सफाई से इन लोगों ने उसकी भोली माँ को अकेला जानकर धोखा दिया। वह चिल्ला उठी, तब तक सरिता भी जाग गई। वस्तुस्थिति जानकर वह उठ खड़ी हुई। फौरन अपनी किट से दवाई निकाली। थर्मस से जूस निकालकर सलिल को दिया। उसका सिर सहलाने लगी। उसके कान में कुछ फुसफुसाने लगी। थोड़ी देर में सलिल सो गया, परंतु इस दौरान नंदिनी का दिमाग सुन्न-सा हो गया। वह समझ न पाई कि किस प्रकार रिएक्ट करे। अपने नसीब पर रोए अथवा हँसे। क्यों उसने चाँद-सितारों की कल्पना की, क्यों भगवान् ने उसके मुँह पर तमाचा मारा, अब क्या करे वह? सरिता नंदिनी से नजरें नहीं मिला पा रही थी, बोली, ''भाभी, तुम चिंता न करो। उत्तेजनावश ऐसा हो गया होगा इसे, सब ठीक हो जाएगा।'' नंदिनी सरिता के दवाई देने से, समझ तो गई ही थी कि यह आकस्मिक दौरा नहीं है, उसे पहले से यह सब होता रहा है।

नंदिनी चुप रही, परंतु उसका दिमाग भिन्ना रहा था। अपनी लाचारी पर रोना आ रहा था। उसे लगा, अगर वह नहीं रोई तो पागल हो जाएगी, सो फूट-फूटकर लावा आँखों से बहने लगा, वह घुटनों में मुँह डाले रोती रही। रात काटनी थी, पर सरिता की आँखों में नींद कहाँ? उसे घोर अपराध-बोध हो रहा था। उधर, नंदिनी अपने दिल का दर्द आँखों से निकालने के बाद उठी और अपनी माँ की दी गई अटैची में से एक सादी सी साड़ी निकाली और बाथरूम चली गई। वापस आई तो मुँह

धुला हुआ था, सादी-सी साड़ी माँ की दी हुई, चेन गले में। ससुराल से भेंट में आए सेट और साड़ियाँ एक बड़े से सूटकेस में थे। उसी सूटकेस में उसने सारा सामान भर दिया। यहाँ तक बिछुए भी उतार दिए थे। सरिता सकपका गई। बोली, ''ये क्या कर रही हो भाभी? घर पर गृह-प्रवेश क्या ऐसे ही करोगी?''

नंदिनी चुप रही। माथे पर हाथ रखकर दूसरी ओर करवट लेकर अपने अंधकारमय भविष्य की कल्पना करके सिहरती रही। क्या कहती सरिता? परंतु उसे रात भर नींद न आई। पता नहीं क्या है उसके मन में। सलिल को सोने की दवाई दे रखी थी, सो वह निश्चिंत सोया पड़ा था।

मेरठ आ गया, चूँकि अंतिम पड़ाव था, सब अलसाए से बैठे रहे। फिर कुली आदि से सामान उतरवाना शुरू किया। नंदिनी पत्थर के बुत सी बैठी रही। सरिता ने फटाफट माँ को जाकर सारी कहानी सुना दी। सुनकर दमयंती जरा भी शर्मिंदा न हुई, बोली, ''अरे, जाएगी कहाँ! है हिम्मत इसकी जो कुछ करे, ब्याहकर लाए हैं बाकायदा।'' कहकर सलिल को कूपे में जाकर नंदिनी का हाथ पकड़ लेकर चलने को कहा। वह यंत्रचालित-सी चल दी। तीन-चार मोटरकारें आई थीं लेने, सो सब लद-फँदकर घर पहुँचे। कोठी दुलहन की तरह सजी हुई थी। बूआ द्वार पर थाली में आरती लिये खड़ी थीं। पहले तो नई-नवेली बहू का सादा लिबास देखकर अचकचाईं, फिर बोलीं, ''आओ बहूरानी, इस चावल भरे चाँदी के लोटे पर ठोकर मारो, जिससे दौलत हमेशा तुम्हारे कदम चूमे।''

नंदिनी मूढ़-सी खड़ी रही तो दमयंती के गुस्से का पारावार न रहा, बोली, ''बहू, माना कि बहुत अभावों से आई हो, चाँदी-सोने पर ठोकर मारने में हिचक हो रही होगी; पर इस कोठी में चाँदी-सोने की कोई कमी नहीं, राज करोगी राज!''

यह सुनने के साथ ही नंदिनी के शरीर में भूचाल-सा आ गया। वह लगभग रोते हुए बोली, ''नहीं, मुझे नहीं चाहिए ये राजपाट।''

सरिता बात बढ़ती देख रीति-परंपरा की परवाह किए बिना नंदिनी को अंदर ले जाने लगी। यह सब देख सलिल को पुनः दौरा-सा पड़ने लगा। उसने नंदिनी का हाथ पकड़ लिया। नंदिनी ने झटका देकर अपना हाथ छुड़ा लिया और वापस मेन गेट से भागती हुई बाहर निकल गई। जो भी पड़ोसी आए थे माजरा देखकर सब समझ गए। उधर, नंदिनी ने ऑटोरिक्शा पकड़ा, वापस उसी ट्रेन से लखनऊ चली गई।

लखनऊ में नंदिनी की माँ ने अपना सिर पीट लिया, परंतु बेटी ने हिम्मत जुटाई और वापस लौट आई, इसका भगवान् को धन्यवाद दिया। कालांतर में नंदिनी ने कॉलेज में प्राध्यापिका की नौकरी कर ली। उसके साथी प्राध्यापक ने, जो कुछ उसके साथ घटित हुआ था, सब जानता था, उससे शादी का प्रस्ताव रखा और नंदिनी एक पढ़े-लिखे संभ्रांत परिवार में ब्याही गई। उधर, दास परिवार की बड़ी थू-थू हुई और सलिल इतना डिस्टर्ब हुआ कि उसके दौरे बहुत बढ़ गए और अंत में उसे मेंटल अस्पताल भेजना पड़ा।

□

मिट्टी की खुशबू

''अरे, शीला इतनी तेजी से कहाँ भागी जा रही है, हिंदी की क्लास में नहीं चलेगी क्या?'' सोमा ने शीला को रोककर पूछा।

''नहीं यार, ये बोरिंग लेक्चर कौन झेले, अपन तो फिजिक्स की कक्षा में जा रहे हैं।'' शीला बोली।

''मुझे पता है, तुझे अचानक फिजिक्स से इतना लगाव क्यों हो गया है? श्यामसुंदर सर पढ़ा रहे होंगे।'' सोमा ने चुटकी ली।

''चल, खुद तो उनपर जान छिड़कती है और मुझे कहती है। पता है, कल जब वो मेरी तरफ देखकर मुसकराए तो सच मेरी जान ही निकल गई।'' शीला स्वप्निल हो गई।

''भई, हम लोग कला-साहित्यवाले उनकी क्लास में जाएँगे तो क्या उन्हें पता नहीं चलेगा। पर सच्ची, कितने हैंडसम हैं वो और गजब के इनसान भी।'' सोमा से भी न रहा गया।

''साँवला-सलोना मन भाया रे!'' कहकर शीला उलटे सोमा को चिढ़ाने लगी।

''पर क्या फायदा, अपनी नीति मैम ही ले उड़ेगी उन्हें तो। आजकल खूब साथ रहते हैं दोनों।'' सोमा ने जानकारी दी।

''चल कोई बात नहीं, हम देखकर ही काम चला लेंगे।'' कहकर शीला हँसी और दोनों सहेलियाँ श्यामसुंदरजी के लेक्चर की क्लास

में जाकर बैठ गईं।

श्यामसुंदरजी अपने नाम के अनुकूल साँवले, परंतु बहुत ही आकर्षक व्यक्तित्ववाले व्यक्ति थे। पूरे कॉलेज की लड़कियाँ उनपर मरती थीं। पढ़ाते भी इतना बढ़िया थे कि उनके पीरियड में क्लास इन दीवानी लड़कियों से ठसाठस भरी होती। श्यामसुंदर इस बात को जानते थे, परंतु कभी भी उन्होंने लड़कियों को इस बात पर शर्मिंदा नहीं किया, बल्कि हौले से होंठ सिकोड़ते हुए जब उनकी ओर देखकर मुसकराते तो लड़कियाँ बेहोश होने को हो जातीं। इसी कारण से उन्हें वार्षिक उत्सव में टाइटल दिया गया 'रंग जमाता है कोकाकोला।' बिजनौर के पास के ही गाँव के रहनेवाले थे। दसवीं तक गाँव में पढ़े, फिर बिजनौर शहर से पोस्ट ग्रेजुएट हुए। अपने पिता की मरजी के खिलाफ जगह-जगह अरजी दी और दिल्ली के कॉलेज में पढ़ाने लगे।

इस बार जब वे अपने माता-पिता से गाँव मिलने आए तो पिताजी ने कहा, "बेटा देख, तू तो इकलौती देन है भगवान् की। हमारी मरजी तो नहीं थी तुझे दिल्ली शहर में भेजने की। अब बता, इतनी बड़ी जमीन मैं अकेला कैसे सँभालूँ?"

श्यामसुंदर क्या कहते, सिर झुकाए बैठे रहे। माँ बोली, "अब हम यह नहीं कहते कि तू इतना पढ़-लिखकर खेती कर। पर बेटा, यहाँ हमारे पास आ जा। गाँव के इंटर कॉलेज में पढ़ा दिया कर और देखियो, प्रधानजी अपनी लड़की की ताईं कई बार चक्कर लगा चुके हैं।"

"माँ, मैं उस लड़की से शादी नहीं कर सकता। कॉलेज में ही एक लड़की मुझे पसंद है, मेरे साथ पढ़ाती है।" श्यामसुंदर बोले।

"क्या कह रहा है तू, शहर की लड़की गाँव में कैसे निभेगी?" पिताजी क्रोधित हो गए।

खैर, इस बार बात को टालकर श्यामसुंदर दिल्ली वापस आ गए, परंतु उनके दिमाग में तनाव सा पैदा हो गया था। अभी एक महीना भी न बीता होगा कि पिताजी के दिल के दौरे की बात सुनकर वे पुनः गाँव की

ओर भागे। वहाँ पर पिताजी की हालत बहुत खराब थी, उन्हें दिल्ली ले जाने की तैयारी में श्यामसुंदर भाग-दौड़ करने लगे। गाड़ी का इंतजाम करके लौटे तो पिताजी ने इशारा किया, विनती भरे स्वर में बोले, ''बेटा, लगता है अब नहीं जी पाऊँगा, पर इतनी प्रार्थना है कि अपनी जमीन और माँ का खयाल रखियो, ये हमारे पुरखों की धरोहर है। बेटा, वचन दे।''

श्यामसुंदर क्या करते, बापू के हाथ कसकर पकड़ लिये। बापू को गाड़ी में लिटा ही रहे थे कि उनके प्राण-पखेरू उड़ गए। सब लोग सकते में आ गए। श्यामसुंदर को अपनी दुनिया उजड़ती दिखाई दी। आठ-दस साल से वे दसवीं पास करने के बाद कई बार गाँव आते। वहाँ के हरे-भरे खेत, स्वच्छ हवा में बड़े खुश होते; परंतु यहाँ पर कभी बसना पड़ेगा यह कभी सपने में भी न सोचा था। और नीति, वह तो बड़े खुले विचारों की लड़की है। यहाँ के माहौल में एक घंटा भी न रह पाएगी। यहाँ पर तो लड़कियाँ सिर उठाकर भी न चल सकती हैं। दूसरे गाँवों में गजब की राजनीति घर कर चुकी है, ये वे जान ही चुके थे और सदैव पिताजी को इन सबसे दूर रहने की सलाह दिया करते थे। पिताजी भी बड़े व्यवहारकुशल और नरम इनसान थे। प्रधानजी, जमींदार साहब सबके साथ उनका हुक्का-पानी था। पिता की अंतिम क्रिया करके वे शहर लौटे। अपनी नौकरी से इस्तीफा देने से पहले उन्होंने नीति से बात की। नीति खुद भी बहुत दुःखी और परेशान हुई। उनके द्वारा गाँव जाने की बात सुनकर फूट-फूटकर रो पड़ी, ''तुम्हारे साथ मैं कहीं भी निभा लूँगी, मैं साथ चलूँगी।'' इसपर श्यामसुंदर बोले, ''तुम उस दमघोंटू वातावरण में एक दिन भी नहीं रह सकती हो। पुरुष-प्रधान जगहें हैं ये! नारी-मुक्ति आंदोलन बस शहरों तक ही सीमित है। मेरी बात मानो, जैसे मैं पत्थर हो गया हूँ, तुम भी मन पर पत्थर रख लो।''

जब श्यामसुंदर वापस गाँव लौट रहे थे तो सारा कॉलेज उदास था, कई विद्यार्थी सुबक-सुबककर रो रहे थे। भारी मन से श्यामसुंदर गाँव लौट आए।

गाँव में आकर उन्होंने नए सिरे से अपनी जिंदगी शुरू की। कुछ दिन तो बहुत उदास रहे। साथ के दसवीं तक पढ़े दो-चार साथी मिलने भी आते, पर उनकी बातें उन्हें दकियानूसी लगतीं। अंततः श्यामसुंदर ने तय किया कि खेती-बाड़ी के काम में तो पुनः लगना बहुत मुश्किल है, अतः गाँव के ही इंटर कॉलेज में पढ़ाएँगे। अपनी माँ से बोले, ''अम्मा, अब मैं यहीं पढ़ाऊँगा। इस तरह खेती-बाड़ी भी देख लूँगा। दो नौकर और लगा लेते हैं।''

अम्मा बोलीं, ''ठीक है बेटा, पर प्रधानजी फिर चक्कर लगा रहे हैं, क्या कहूँ उनसे?''

श्यामसुंदर बोले, ''माँ, मैं इस बड़े घर की बिगड़ी लड़की से कतई शादी नहीं करूँगा। सारे दिन फिल्मी गाने सुनना, बालों को सेट करना ही उसका काम है। कोई सीधी-सादी, मेहनती लड़की हो तो अपने आप ही 'हाँ' कर देना।''

माँ ने गाँव के ही एक छोटे से किसान भोजमल की बेटी कुसुम से श्यामसुंदर का रिश्ता तय कर दिया। प्रधानजी को यह बात बड़ी नागवार गुजरी; परंतु इधर श्यामसुंदरजी के यहाँ सब कार्य अच्छी तरह से चल पड़ा। उन्हें इंटर कॉलेज में फिजिक्स के अध्यापक की नौकरी मिल गई। माँ और बीवी घर और खेती का सारा काम सँभालती, श्यामसुंदर भी लगे रहते। इस प्रकार घर फूलने-फलने लगा। दो बेटे और एक बेटी हुई। तीनों की शिक्षा-दीक्षा वहीं गाँव के स्कूल में होने लगी।

परंतु जमाना बड़ी तेजी से बदल रहा था। गाँव में रहते हुए इसकी रफ्तार को आँकना बड़ा मुश्किल था। नए-नए फैशन तो गाँव में पहुँच रहे थे, परंतु नई विचारधारा, विकसित तकनीक आदि खोखली राजनीति के कारण पहुँच नहीं पातीं। एक तो गाँव में संकीर्ण मानसिकता, ऊपर से गुंडागर्दी का माहौल पनप रहा था। अपने छोटे से लाभ के लिए दूसरे का बड़े-से-बड़ा नुकसान करने में कोई भी नहीं हिचकिचाता। जिसके पास भी जरा सा धन आ जाता, सबसे पहले राइफल खरीदने की जुगत भिड़ाता।

बात-बात में राइफलें निकल आतीं। कई बार श्यामसुंदर ने चाहा कि गाँव के लिए पक्की सड़कें बनें, अंदर गंदी-गंदी गलियों पर खड़ंजा बने, ढंग से बिजली आए; परंतु न तो उनकी कोई पहुँच थी। दूसरे, प्रधानजी स्वयं भी उनकी काट ही करते थे। जो भी पैसा आता सब आपस में मिल-बाँटकर डकार लेते। इस प्रकार दस साल बीत गए।

एक दिन एक जीप श्यामसुंदरजी का पता पूछते उनके घर पर पहुँची। बच्चों ने आकर बताया तो श्यामसुंदर शीघ्रता से बाहर आए। बाहर एक सूटेड-बूटेड सज्जन ने बढ़कर उनके पाँव छुए। ध्यान से देखा तो याद आया कि यह तो वही उनके दिल्ली के पड़ोसी सुरेश बाबू का लड़का है 'कमल'। उसे वे दिल्ली में जब भी वक्त मिलता, पढ़ाया करते थे। वह बहुत गरीब, लेकिन जहीन लड़का था। अत: उनसे कभी भी ट्यूशन के पैसे लेना तो दूर, उसकी फीस तक भर दिया करते। उसे अचानक सामने पाकर उन्होंने गले से लगा लिया। बड़े आदर के साथ उसे अंदर ले गए।

कमल ने बताया कि एम.एस-सी. करने के बाद वह भारतीय प्रशासनिक सेवा की परीक्षा में उत्तीर्ण हो गया है और जिलाधीश की ट्रेनिंग पर पास ही के जिले में आया है। सुनकर श्यामसुंदर की छाती चौड़ी हो गई। जीप देखकर गाँव के लोग इकट्ठे होने शुरू हो गए। प्रधानजी तक भी खबर पहुँची, वे फौरन वहाँ पहुँच गए। श्यामसुंदर ने कमल से परिचय कराया। प्रधानजी तपाक से बोले, "भई, हमारा गाँव तो धन्य हो गया, जो यहाँ आप पधारे। चलिए, हमारे यहाँ भोजन ग्रहण करके जाइएगा।"

इसपर कमल बाबू बोले, "नहीं प्रधानजी, आज तो मैं भोजन गुरुजी के यहाँ ही करूँगा, आपके यहाँ फिर कभी।"

प्रधानजी पर घड़ों पानी पड़ गया, फिर भी वे आगे-पीछे घूमते रहे। कमल बाबू ने बड़े चाव से भोजन किया। जाते समय श्यामसुंदरजी के पैर छूकर आशीर्वाद लिया।

प्रधानजी, जो अब तक श्यामसुंदर से वैर रखते थे और हमेशा इस फिराक में रहते कि उन्हें नीचा दिखाया जाए, बड़े ही असमंजस में पड़

गए। इसके बाद सारे गाँव में श्यामसुंदरजी की पूछ बढ़ गई। दिन-रात सभी तत्पर रहते कि श्यामसुंदर के मित्रों में उनकी गिनती हो। दिन-ब-दिन साहब जितने सीनियर होंगे उतना ही प्रभाव श्यामसुंदर का बढ़ेगा, चाहे कुछ भी करा लो। पंरतु श्यामसुंदर ने कभी भी अपने किसी काम के लिए कमल बाबू से नहीं कहा। हाँ, प्रधानजी उनसे मेल-जोल बढ़ाने की जुगत में जब-तब पहुँच जाते और अपने कई काम निकलवा लेते।

इत्तफाक ऐसा हुआ कि चार-पाँच साल बाद कमल बाबू बिजनौर में ही जिलाधिकारी होकर आ गए। चार्ज लेने के बाद वे गाँव में भी आए। गाँव में हलचल मच गई। गाँव में आने के बाद वहाँ का खड़ंजा बन गया, सड़क पक्की बन गई। प्रधानजी ने लगे हाथों बस का परमिट भी बनवा लिया। इस बीच श्यामसुंदरजी कुछ अस्वस्थ से रहने लगे। गाँव में न तो कोई ढंग का अस्पताल था और नहीं कोई डॉक्टर! बुखार था कि छोड़ने का नाम ही नहीं ले रहा था। कमल बाबू को पता चला तो वे इसरार करके उन्हें अपने साथ ही बिजनौर ले आए। वहाँ खून-पेशाब आदि की जाँच करवाई गई। पेट के दाईं ओर भयंकर पीड़ा होती थी। अतः अल्ट्रासाउंड कराया तो डॉक्टर को शक हुआ कि गॉलब्लैडर में खराबी है। दिल्ली के एक अस्पताल में उन्हें दाखिल कराया गया, वहाँ पर पता चला कि उन्हें गॉलब्लैडर का कैंसर है। घर पर मानो बिजली गिर पड़ी। बच्चे अभी पढ़ ही रहे थे। बड़ा लड़का पंद्रह साल का ही था। नैया मझधार में थी। दिल्ली में ही उनका ऑपरेशन हुआ और इलाज भी, अंततः श्यामसुंदरजी ठीक हो गए। काफी जमा-पूँजी इलाज में खर्च हो गई—मानो लुट-पिटकर श्यामसुंदर गाँव वापस लौटे। गाँव में आकर कुछ वहाँ की स्वच्छ आबोहवा, कुछ परहेज के कारण धीरे-धीरे पूर्णतः स्वस्थ लगने लगे, कॉलेज भी जाने लगे और एक साल के भीतर ही कॉलेज के प्रिंसिपल मनोनीत हो गए।

इस बीच कमल बाबू का आना-जाना लगा रहा। श्यामसुंदरजी के प्रिंसिपल हो जाने पर कइयों के दिल पर साँप लोट गया, परंतु

कमल बाबू के कारण चुप रहने में ही अपनी भलाई समझी। समझ में ही न आता कि श्यामसुंदरजी की काट कैसे की जाए। श्यामसुंदरजी ने अपने गाँव में लड़कियों का इंटर कॉलेज खुलवाया, बिजली की व्यवस्था करवाई, अतः प्रधानजी से ज्यादा उनकी पूछ और इज्जत होने लगी। अब तो लोग उन्हें प्रधान के चुनाव में खड़े होने के लिए इसरार करने लगे, परंतु उन्होंने कभी हाँ नहीं की। इस बार कमल बाबू आए और बोले, ''गुरुजी, आपकी बीमारी में मैंने यह जाना कि गाँव में अस्पताल का होना कितना जरूरी है, अतः मैंने यह प्रस्ताव सरकार को भेजा, वहाँ से मंजूरी आ गई है और पैसा भी मैं निकलवा ही लूँगा।'' श्यामसुंदरजी के मन की मुराद पूरी हो गई। वे बड़े संकोची थे, परंतु यह बात सदैव उनके मन को सालती रहती कि गाँव में एक भी अस्पताल नहीं है।

करीब दो साल कमल बाबू बिजनौर में जिलाधिकारी रहे, फिर स्थानांतरित होकर अन्यत्र चले गए। इधर, श्यामसुंदरजी हर तीसरे महीने दिल्ली जाते अपना चेकअप कराने। तीन साल बाद फिर से श्यामसुंदरजी को पुनः बुखार रहने लगा। एक दिन श्यामसुंदरजी को दिल्ली में ही टेस्ट आदि करवाने के बाद पता चला कि कैंसर के कीटाणु पुनः उनके लीवर को ध्वस्त करने में लगे हैं। उन्होंने किसी को भी कुछ नहीं बताया और चुपचाप गाँव लौट आए। खर्चा बहुत होता इलाज में, सारी जमा-पूँजी स्वाहा हो जाती। बच्चे छोटे थे और पढ़ रहे थे। बड़ा लड़का बी.एस-सी. कर रहा था। लड़की इंटर में थी। चूँकि घरवाले इलाज के लिए इसरार करते, अतः वे खामोशी से पीड़ा झेलते रहे। उनकी माँ व पत्नी को शंका भी हुई, पर वे हँसकर टाल गए। धीरे-धीरे गाँव के अस्पताल की रंगत सुधरने लगी, परंतु श्यामसुंदरजी की सुंदर काया जीर्ण-शीर्ण होने लगी। बड़े बेटे ने उन्हें दिल्ली ले जाना चाहा, परंतु वह नहीं माने। छह महीने बाद उन्हें खून की उलटी हुई और वे भगवान् को प्यारे हो गए। जिस दिन उनकी मृत्यु हुई उसी दिन

अस्पताल का उद्घाटन होना था, जिसके लिए विशेष तौर से कमल बाबू को बुलाया गया था। जब वे गाँव पहुँचे तो अपने प्रिय गुरुजी के निधन की खबर सुनकर बहुत दुःखी हुए। उन्हें अपनी अश्रुपूरित आँखों से पंचतत्त्व में लीन होते देखा।

अस्पताल का नाम श्यामसुंदरजी के नाम पर ही रखा गया। भरे नेत्रों से कमल बाबू ने उद्घाटन किया। लौटते समय गुरुजी के बड़े बेटे नीरज को हर संभव सहायता का वचन देकर वह चले गए।

नीरज ने उसी साल बी.एस-सी. की परीक्षा दी थी। काफी जमा-पूँजी श्यामसुंदरजी के इलाज में खर्च हो गई थी, पूरा परिवार गमगीन था, क्या करें ऐसी घड़ी में! उधर, कॉलेज के प्रिंसिपल ने प्रधानजी के साथ मिलकर श्यामसुंदरजी की ग्रैच्युटी आदि रोक ली, नौकरी तो क्या देते नीरज को। नीरज ने छोटे-मोटे ट्यूशन करने चाहे तो अपने कॉलेज के लड़कों को चेतावनी दे दी कि अगर नीरज से ट्यूशन लिया तो फेल कर देंगे। जब नीरज बहुत निराश हो गया तब प्रधानजी ने उसे बुलवाया। व्यंग्य करते हुए बोले, "भाई, तू कोई नौकरी वगैरह क्यों नहीं करता, ऐसे कैसे चलेगा?"

"क्या करूँ बाबूजी, मैं तो हार गया।" नीरज सब समझ रहा था।

"हाँ, अब तो कमल बाबू भी विदेश चले गए तीन साल को। कल मैं लखनऊ उनके विभाग में गया था। नहीं तो वे ही कुछ मदद करते।" प्रधानजी चिढ़ाते हुए से बोले।

ओ हो, तभी उनकी कोई खबर नहीं! नीरज समझ गया कि यह सब नाटक उसे ठेंगा दिखाने के लिए हो रहा है। वह वहाँ से उठ खड़ा हुआ। अपने पिता की छत्रच्छाया में कितनी निश्चितंता थी। उनके न रहने पर अपने गाँव के लोग उसकी काट कर रहे हैं, उसका हृदय रोने लगा। माँ तो मानो पत्थर हो गई थीं। परंतु सारे दुःखों के बावजूद सदैव काम में लगी रहतीं। पशुओं को सानी देना, खेतों पर जाना। दादी भी घर का काम-काज सँभालती।

एक दिन माँ जब पशुओं को सानी देने के बाद खेत पर जाने लगीं तो नीरज ने बालटी माँ के हाथ से ले ली और बोला, ''क्यों इतना खटती हो माँ! दिन-रात की इस चक्की में नहीं पिसने दूँगा तुम्हें!''

''तो बेटा, काम कैसे चलेगा?'' माँ ने पूछा।

''माँ, ऐसा करते हैं कि जमीन और मकान बेच दें तो लाखों रुपए हाथ में आएँगे, उससे शहर में मकान खरीद लेंगे और उषा की शादी का इंतजाम भी हो जाएगा।''

माँ अवाक्-सी नीरज को ताकने लगी। जुलाई का महीना था। सूरज को आकाश में बादलों ने ढक रखा था। इस घर पर भी मानो दुःखों की छाया के बादल थे।

''और माँ, गाँव में रखा ही क्या है? पिताजी के जाने के बाद सब पराए हो गए, न ग्रैच्युटी मिली और न ही कोई नौकरी।'' नीरज मानो झोंक में बोलता गया।

तभी माँ मानो अचानक नींद से जागीं, बोलीं, ''बेटा, पता है, इन सबके बावजूद कौन पाल रहा है हमें?''

''कौन माँ?''

''इस गाँव की मिट्टी!'' माँ का जवाब था।

इतने में दादी माँ, जो कमरे से माँ-बेटे का वार्त्तालाप सुन रही थीं, लाठी टेकती हुई बाहर आईं और बोलीं, ''हाँ बेटा, तेरी माँ ठीक कहती है। तेरा बापू पढ़ा-लिखा था, फिर भी उसने अपने पिता के वचन की लाज रखी और तेरी गुणवंती माँ और बाप ने इस जमीन को अपने खून से सींचा। कुछ भी हो बेटा, हमारी तो जननी यही धरती माँ है। इसकी खुशबू हमारे रग-रग में बसी है। तू इन शहरों की बात करे है, जहाँ सब इस ताजी हवा के बदले धुआँ पीवे हैं।''

इतने में छम-छम जोरों की बारिश होने लगी। मौसम की पहली बरसात थी, सारा वातावरण मानो धुलने लगा, बादल बरसकर छँटने लगे। मिट्टी से सोंधी-सोंधी खुशबू आने लगी। नीरज भाव-विभोर

होकर दादी के गले लग गया, बोला, ''सच दादी माँ, मैं दुःख के अँधेरे में भटक गया था। आज से हम सब मिलकर अपनी धरती माँ की सेवा करेंगे। समाज की बुराइयों से नहीं भागूँगा मैं और गाँव में रहकर नई संस्कृति की लहर लाऊँगा, यह मेरा वादा है।''

दादी माँ अपने पोते की बलैया लेने लगीं और माँ ने चुपचाप आँसू पोंछ लिये।

□

लगन

ज्योति बस्ता लेकर स्कूल के लिए निकलने ही वाली थी, बस सविता का इंतजार था। आज देर क्यों कर रही है, कहीं बस न छूट जाए। सोच ही रही थी कि सामने से लगभग भागते हुए सविता आती दिखी। दो सहेलियों ने भागकर बस पकड़ी। आराम से दोनों सीट पर बैठीं।

''आज क्या हुआ, बड़ी देर कर दी?'' ज्योति ने पूछा।

''अरे, रात को देर तक पढ़ी, सो सुबह नींद ही नहीं खुली।'' सविता ने बताया।

''क्या करेगी इतना पढ़ के, तेरी दादी तुझे कॉलेज तो जाने न देगी?'' ज्योति बोली।

''देख, दादी को भी मनाना पड़ेगा।'' कहकर सविता उदास सी हो गई।

अगले स्टॉप पर सुंदर बस में चढ़ा। ज्योति की बाछें खिल गईं। आँखों-ही-आँखों में इशारे होने लगे, इनसे बेखबर सविता किताब में मुँह दिए पढ़ती रही। स्कूल के पास उतरकर स्कूल की ओर जाने लगी तो सुंदर ने थोड़ा सा फासला रखकर पीछा किया।

ज्योति ने कहा, ''सविता, मेरा बैग रख देना क्लास में, मैं जरा बाथरूम जाऊँगी, मेरा पेट गड़बड़ा रहा है और मेरी उपस्थिति भी लगवा देना।'' सविता ने उसका बैग लिया और कक्षा में चली गई। ज्योति पीछे

से ये जा और वो जा। सुंदर के साथ ज्योति बगीचे में बैठ गई, दोनों एक-दूसरे की आँखों में खोए रहे, बतियाते रहे। आधा-पौन घंटे साथ रहकर ज्योति वापस स्कूल आ गई।

''अरे, बड़ी देर लगा दी?'' सविता ने कहा।

एक पीरियड खत्म हो गया था, दूसरा शुरू होनेवाला था।

''हाँ, पेट में बड़ा मरोड़ था, फिर क्लास शुरू हो गई, बहनजी डाँटेंगी इसलिए नहीं आई।'' कहकर ज्योति ने कॉपी निकाली। पढ़ने में जरा भी मन न लगता था ज्योति का, सुंदर के साथ ही सारा समय कटे, बस उसी का खयाल दिन-रात रहता, उम्र ही ऐसी थी। सोलह बरस की उम्र, ऊपर से घर में इतना कठोर अनुशासन। वो तो शुक्र है, सारे भाई-बहन अभी छोटे हैं और गाँव के स्कूल में ही पढ़ते हैं। सविता के भरोसे ज्योति के माँ-बाप उसे शहर के स्कूल में भेजते हैं।

सविता बड़ी ही गंभीर और पढ़ने-लिखने में अव्वल लड़की थी। सारे गाँव में उसका नाम रोशन था, सब अपनी लड़कियों को सविता की मिसाल देते। नौवीं में वह स्कूल में सबसे अव्वल आई थी। सालाना जलसे में बिजनौर की महिला अधिकारी दीप्ति शर्मा प्रमुख अतिथि ने उसकी हौसला अफजाई करते हुए कहा था कि बोर्ड के इम्तिहान में मेरिट लिस्ट में उसका नाम होना चाहिए। तब सविता ने उनके पाँव छूकर प्रण लिया था कि वह भी कभी उनके जैसी ही बनेगी। अब वह पढ़ाई में दिन-रात एक किए थी। ज्योति तो बस समय काटने के लिए और सुंदर के आकर्षण से स्कूल आती थी। पास हो जाए, ताकि घर में न बैठना पड़े। कभी-कभी उसका मन करता कि सुंदर के बारे में सविता को सबकुछ बता दे; परंतु डरती थी, कहीं उसने साथ आना-जाना बंद कर दिया तो घरवाले स्कूल भी न भेजेंगे। इधर, सविता इन सबसे दूर मेरिट लिस्ट में आने की जी तोड़ कोशिश में लगी थी। ज्योति के लिए अच्छा ही है, उसके और सुंदर के बीच रोमांस की उसे खबर ही नहीं।

सुंदर के गाँव का बस स्टॉप ज्योति से स्टॉप से अगला था। जाति का गुसाईं और बड़ा बाँका नौजवान, शहर में इंटर में पढ़ रहा था, वह भी इसलिए कि गाँव में खेती में न जुटना पड़े। ज्योति से नैन मिलने के बाद वह भी उसका दीवाना हो गया था। ज्योति ब्राह्मण थी। अम्मा व बाबूजी कभी भी इस रिश्ते को नहीं स्वीकारेंगे, यह बात ज्योति को भली-भाँति पता थी; पर दिल का मामला था, क्या करती! बस वह दसवीं पास हो जाए और सुंदर इंटर कर ले, दोनों अपने-अपने माता-पिता को सब बता देंगे और रो-रोकर समझा लेंगे, फिर बस सुंदर की दुलहन बनकर उसके घर चली जाएगी। इन्हीं खयालों में ज्योति दिन-रात खोई रहती। अब तो सविता को भी पता चल गया कि उसका चक्कर है कुछ।

उसने ज्योति को बहुत समझाया कि ''यह उम्र पढ़ने की है, न कि प्रेम-पचड़ों में पड़ने की। जो लड़का स्वयं अपने पाँवों पर नहीं खड़ा, वह उसे सहारा क्या देगा। आत्मनिर्भर होने में चार-पाँच साल लगेंगे उसे, तब तक क्या करेगी?''

''मैं उसके माँ-बाप के पाँव पकड़ लूँगी, जिंदगी भर उनकी सेवा करूँगी।'' ज्योति का तर्क था।

''पर, चाचाजी कभी नहीं मानेंगे और तेरी उम्र ही क्या है, अभी से शादी!'' सविता बोली। पर ज्योति तो सुंदर के प्रेम में पागल थी। एक बार दो-तीन दिन तक सुंदर नहीं आया तो वह दीवानी-सी हो गई, कहीं वह मुझसे ऊब तो नहीं गया, क्यों नहीं आया? चौथे दिन सुंदर दिखाई दिया तो बस में ही उसका हाथ पकड़कर रोने लगी। सब लोग दोनों को घूर-घूरकर देखने लगे, तो वे अगले स्टॉप पर ही उतर गए। सुंदर ने बताया कि अचानक उसकी तबीयत खराब हो गई थी, इसलिए नहीं आ पाया।

''और ये क्या पागलपन है, सब जगह बात फैल जाएगी तो क्या होगा? ये तो अच्छा है कि कोई जान-पहचानवाला नहीं था बस में।'' सुंदर ने डाँटते हुए कहा।

डाँट सुनकर ज्योति उसके कंधे पर सिर रखकर हिलक-हिलककर रोने लगी। बोली, ''मैं तुम्हारे बिना जिंदा नहीं रह सकती।''

''मैं भी नहीं, पर करूँ क्या? माँ-बाबूजी तो गैर-जाति में शादी को राजी न होंगे। जात-पाँत का बड़ा खयाल है उन्हें, क्या करें?'' सुंदर क्षुब्ध था।

उधर, सविता ज्योति को बीच में ही उतरते देख सकपका सी गई। कहीं बहुत बड़ा झमेला न खड़ा हो जाए, क्या करे वह, अगर इसने ऐसी-वैसी हरकत की तो इसका तो कुछ नही बिगड़ेगा, पर मेरे बाबूजी मुझे आगे पढ़ने न देंगे।

जिसका डर था, वही हुआ। दो दिन बाद पता चला कि ज्योति भाग गई है। ज्योति के पिता सविता के यहाँ आए, सविता को सबकुछ बताना पड़ा। दादी के संज्ञान में भी आ गया कि ज्योति किसी लड़के के साथ भाग गई है, सो उन्होंने एलान कर दिया कि लड़कियों को स्कूल भेजना बेकार है, वहाँ यही काम सीखती हैं ये, कल से सविता स्कूल नहीं जाएगी। बाबूजी ने समझाने की बहुत कोशिश की। वे जानते थे कि सविता ऐसी लड़की नहीं है, उन्होंने उसके उज्ज्वल भविष्य को महसूस किया था, परंतु होनी को कुछ और ही मंजूर था। ज्योति अपने प्रेमी सुंदर के साथ शहर में सुंदर की बहन के यहाँ धर ली गई। घर पर पहले तो उसकी खूब पिटाई हुई, फिर तुरत-फुरत उसकी शादी कुंदन पंसारी के बेटे से तय कर दी गई, जो कि पास के गाँव का ही था और छोटी-मोटी दुकान करता था। यह सब जानकर दादी ने अनशन कर दिया। हारकर बाबूजी ने उनकी बात मान सविता को स्कूल भेजने से इनकार कर दिया। सविता बहुत रोई-छटपटाई, परंतु उसकी एक न चली।

भोर का समय था, सूरज देवता पीली-सी आभा लिये निकलने की तैयारी कर रहे थे, इधर ज्योति की डोली उठ रही थी, उधर सविता के उज्ज्वल भविष्य की अरथी।

सविता इतनी क्षुब्ध थी कि ज्योति की शादी में गई तक नहीं, ऐसी लड़कियाँ किस तरह से अपना भविष्य अंधकारमय करती हैं और दूसरों का भी! समझ नहीं पा रही थी कि क्या करे। तभी उसके दिमाग में बिजली कौंधी। गाँव में भी तो कन्या पाठशाला है, चूँकि उसमें पढ़ाई-लिखाई नहीं होती और न पढ़नेवाले गंभीर हैं, न पढ़ानेवाले ही। अत: सविता शहर के स्कूल में जाती थी। वह अपने पिताजी के पास गई और बोली, ''बाबूजी, आप मुझे शहर नहीं भेजना चाहते तो न भेजें, मैं गाँव के स्कूल से ही इम्तिहान दूँगी।''

''क्या कह रही है, बिटिया! पढ़ाई कैसे करेगी, यहाँ तो एक भी क्लास ढंग से नहीं होती।'' पिता ने आश्चर्य से कहा।

''कोई बात नहीं, मैं मेहनत करूँगी। मैंने जिलाधिकारी महोदया को वचन दिया है, मैं मेरिट लिस्ट में आकर दिखाऊँगी।'' सविता अपने निश्चय पर अटल थी।

औपचारिक रूप से सविता का नाम गाँव के स्कूल में लिखा दिया गया। सविता जुट गई, दिन-रात एक कर दिया, लालटेन की रोशनी हो या टिमटिमाते बल्ब की, उसे दुनिया-जहान से कोई मतलब नहीं। बोर्ड की परीक्षा में बाबूजी साथ ले गए और इस प्रकार परीक्षाएँ खत्म हुईं। गरमी की छुट्टियाँ भी हो गईं।

गरमी की छुट्टियों में सविता ने ग्यारहवीं की किताबें मँगवाईं और पढ़ना शुरू कर दिया। एक दिन सुबह-सुबह हाथ-मुँह धोकर दादी को चाय देने जा रही थी कि ज्योति आती दिखाई दी। जल्दी से दादी को चाय देकर वह बाहर आँगन में आई, ज्योति काफी दुबली हो गई थी, आँखों के नीचे काले-काले धब्बे हो गए थे। वह सविता के गले लगकर रोने लगी। सविता का सारा क्रोध हवा हो गया, वह उसे अंदर ले आई। ज्योति ने बताया कि उसका पति उसपर बहुत शक करता है और कभी-कभी हाथ भी छोड़ देता है। इतने में ही सविता के बाबूजी हाथ में अखबार लिये घर में घुसे और अपनी बेटी को गले लगा लिया। बोले,

"बेटी, जीती रह, खूब ऊँचाइयों पर पहुँचे। तू मेरिट लिस्ट में आठवें नंबर पर आई है।" दादी बाहर आ गईं, और सविता की बलैया लेने लगीं। सारा गाँव इकट्ठा होना शुरू हो गया। ज्योति चुपचाप अलग होकर अपने घर की ओर चली गई। अपनी नादानी के कारण वह किसी को मुँह दिखाने लायक जो न थी। सविता के बाबूजी सिर ऊँचा करके कह रहे थे कि वे अपनी बिटिया को ऊँची-से-ऊँची शिक्षा देंगे और वे यकीनन बड़ी अफसर बनेगी। दादी ने हाथ उठाकर आशीर्वाद दिया। सविता का चेहरा देदीप्यमान होकर चमचमा रहा था और आँखों में सफलता की चमक थी।

□

आधी दुनिया

सुबह-सुबह नीबू की चाय के गिलास के साथ अखबार पढ़ने में जो आनंद मिलता है, वह भला सुबह की सैर में कहाँ! यह थी श्रीमती रत्ना सरन की दलील। जबकि श्री सुभाष सरन रोज सुबह घूमने जाने की वकालत करते। आदतन सुभाष घूमने जाने से पहले रत्ना को जगा देते, शायद कभी साथ चल ही पड़े; परंतु रत्ना भी 'विमेंस लिब' की जीती-जागती मिसाल थी। घर पर दो बेटे और अपने पति सुभाष से वे अकेली लोहा लेतीं, मजाल कि महिलाओं के विरोध में एक शब्द भी कोई कह दे।

सुभाष सरन की हाल ही में नैनीताल में नियुक्ति हुई थी। बड़ा सुंदर-शानदार घर, चारों ओर बड़े-बड़े चीड़, बाँस और देवदार के वृक्ष। दूर कहीं लाल बुरांश के फूलों के चार-पाँच पेड़ मानो झाँकते से दिखते थे। रत्ना तो निहाल हो गई। इतनी सुंदर जगह और टूरिस्ट प्लेस पर वे इस फाइव स्टार होटल जैसे घर में रहेंगे, यह तो सोचा भी न था। साथ में नौकरों की फौज। मकान के साथ ही पीछे रसोई की ओर सात-आठ नौकरों के क्वार्टर थे। एक सफाई कर्मचारी, तीन रसोई के लिए और एक धोबी। रसोई के तीनों कर्मचारी बारी-बारी से दिन भर आठ-आठ घंटे रहते।

अब रत्ना अपनी हॉबी यानी कि समाज-सेवा का काम बखूबी कर सकेगी। दोनों बेटे भी बड़े हो गए, अब तो एक बारहवीं में दूसरा दसवीं

में। पता लगा, सामने ही एक संस्था है, जहाँ पर पीड़ित महिलाएँ अगर गुहार लगाएँ तो वकील महिला और अन्य महिलाएँ ग्रुप में जाकर धरना देती हैं, डॉक्टर्स भी हैं जो मेडिकल टेस्ट आदि में सहायक होती हैं। संस्था की सचिव से बात कर रत्ना मासिक बैठक में पहुँची। देखा कि दस-बारह महिलाएँ कुछ चकाचक कलफ लगी साड़ी, कुछ लेपेस्ट जींस व टॉप में, हाथ में कोक लिये गपशप में लगी थीं। कुछ और आईं, इस प्रकार करीब सत्रह महिलाओं की संस्था थी। प्रेसिडेंट, वाइस प्रेसिडेंट, सचिव, ट्रेजरार जैसे पदों पर अफसरों की बीवियाँ और Socialites विराजमान थीं। सबसे रत्ना का परिचय कराया गया।

"अरे, आप हैं मिसेज सरन? पता है, आपका बँगला नैनीताल में सबसे खूबसूरत है!" मिसेज खन्ना बोलीं।

"अजी, जब तक चाय पर न बुलाएँ, कैसे देखें?" श्रीमती मिश्रा बोलीं।

"हाँ-हाँ जरूर, एक दिन आप सबको अवश्य बुलाऊँगी।" रत्ना ने बात टाली। वे चाहती थीं कि एजेंडे पर जो है वह होना चाहिए।

उसके पश्चात् जिसका जहाँ प्रभाव है वहाँ से कुछ अनुदान आदि की बातें होने लगीं। रत्ना ने कुछ कहना चाहा तो देखा कि ज्यादातर चार-पाँच महिलाएँ ही सबसे ज्यादा मुखर हैं और वे दूसरों को बोलने ही नहीं दे रहीं। कुछ अनमनी-सी रत्ना घर लौटी। हे भगवान्, अगर ये सुधारक हैं तो बेड़ा गर्क ही समझो।

सुबह वही अपने नीबू की चाय के साथ अखबार पढ़ने बैठी तो बहू के स्टोव से जलने की, ससुर द्वारा बलात्कार की, दहेज की, नौकरी करनेवाली महिलाओं के उत्पीड़न की खबरें पढ़कर वो सोचने लगी कि अगर इन सबकी कटिंग्स निकालकर उनकी फाइल बनाई जाए और एक-एक केस को सुलझाया जाए तो शायद कुछ भला हो अपनी आधी दुनिया का। वह तत्परता से जुट गई, करीब तीन-चार दिन बीते होंगे, श्रीमती खन्ना ने फोन पर बताया कि "कल रात को 'महारानी' होटल में सब मिलेंगे।"

''महारानी होटल में क्या जरूरत है, बेकार में पैसा बरबाद होगा।'' रत्ना कहना चाहती थी, परंतु चुप रही, नई मेंबर थी वह।

अगले दिन रात को होटल में सब बड़ी सजी-धजी ऐसे आई थीं जैसे पार्टी हो और पार्टी तो थी ही, वाइन सर्व हो रही थी, कुछ सिगरेट के सुट्टे लगा रही थीं। ''अरे, दिया तुमने सुना, वो प्रीति जैन ने सुपारी दी मधुर भंडारकर क़ो मारने के लिए What Guts Yaar.'' श्रीमती मिश्रा बोलीं।

''हाँ, पहले तो Rape Rape चिल्लाती रही, जब इससे काम नहीं बना तो मरवाने चल पड़ी।'' रत्ना से रहा नहीं गया वो बोल पड़ी, ''हम लोग क्या जानते हैं कि क्या सच है और क्या नहीं, क्योंकि उसने एक सिस्टम के खिलाफ आवाज उठाई है तो हो सकता है उसे फँसाया जा रहा हो।''

''या, दैट इस पॉसिबल, पर किसने कहा था फिल्म लाइन में जाने को?'' ये दलील श्रीमती ग्रेवाल की थी।

''इसका मतलब ये हुआ कि जो भी फिल्म लाइन में जाए, उसे ये सब करना होगा।'' रत्ना ने तर्क किया।

''यू हैव टू पे फॉर एवरीथिंग।'' श्रीमती ग्रेवाल पर वाइन का जादू चढ़ रहा था।

पता नहीं ये पार्टी क्यों रखी गई थी, कुछ तय नहीं हुआ, क्या आगे का प्रोगाम होगा। इतनी खबरों से अखबार भरे पड़े हैं, क्या इन्हें नहीं पता। हमारे पाँच प्रतिशत तबके को छोड़ दें तो बाकी पिचानबे प्रतिशत महिलाओं की क्या दुर्गति है। अपने हाथ में सिगरेट और शराब का प्याला पकड़कर ये समाज-सेवा करेंगी।

तभी रत्ना की तंद्रा टूटी, सचिव महोदया रीता ने सबका ध्यान आकर्षित करने के लिए ताली बजाई। उन्होंने घोषणा की कि इस बार 'जेंडर इक्वेलिटी' की कॉन्फ्रेंस जिनेवा में होगी। उसमें रोशनी ग्रेवाल और दिया शर्मा का चयन हुआ है। 'अखिल भारतीय महिला उत्थान'

इन्हें Sponser करेगी और सारा खर्चा देगी।'' तालियाँ बजीं, परंतु ईर्ष्या के भाव सबके चेहरों पर विद्यमान थे। तभी रत्ना ने भी अपनी फाइल, जिसमें अखबार की कटिंग्स सलीके से लगी थीं, रीता के हाथ में दी। उन्होंने उसे देखा, उलट-पलटकर दो-चार कटिंग्स पढ़ने की कोशिश की और फिर घोषणा करते हुए कहा, ''हालाँकि रत्नाजी नई मेंबर बनी हैं, पर उनका उत्साह देखते बनता है, वी ऑल एडमायर यू मिसेज सरन।'' और इसके साथ ही डिनर सर्व होने की घोषणा भी कर डाली।

खाने के समय श्रीमती ग्रेवाल और दिया शर्मा की खुशी का ठिकाना न था। परंतु पता नहीं, श्रीमती ग्रेवाल ने जिनेवा जाने के लिए क्या कीमत चुकाई होगी! रत्ना मन-ही-मन हँसी। खाना खाकर सब अपनी-अपनी गाड़ियों में घर चली गईं।

अगले दिन सुबह-सुबह विलास चाय लेकर आया तो रत्ना ने उसे चाय रसोई में ढककर रख देने को कहा। हाथ-मुँह धोकर जब वह चाय लेने रसोई में गई और विलास को बताने लगी कि नाश्ता क्या बनेगा। तभी अजीब सी घिघियाने की आवाज सुनकर खिड़की से बाहर देखा तो सफाई कर्मचारी भालेस अजीब-अजीब सी आवाजें निकाल चिल्ला रहा था। घर के अंदर आग धधक रही थी, रत्ना को लगा कि उसके घर में आग लग गई है। उसने जल्दी ही विलास को भेजा और खुद भी बाहर निकली, अचानक भालेस ने लकड़ी का जलता हुआ तना-सा बाहर निकाला। पड़ोसी जल्दी-जल्दी पानी डालने लगे तो अचानक औरतें चीखकर दूर हट गईं। रत्ना ने ध्यान से देखा कि भालेस की पत्नी का तन जलकर सफेद और काला पड़ गया है, और उसका निर्जीव शरीर औंधा पड़ा है। उसकी सुंदर आकृति रत्ना के जहन में घूमने लगी। अपने दूसरे कर्मचारियों से रत्ना सुनती तो रहती थी, भालेस अपनी पत्नी को एक फूटी कौड़ी भी नहीं देता था और मारता-पीटता था। वह चूँकि सरकारी अस्पताल में आया थी, अतः

घर का खर्च खुद ही चलाती थी, अपने दोनों बच्चों को अच्छे स्कूल में पढ़ाना चाहती थी, इसलिए भालेस से बचाकर कुछ रुपए छुपा-छुपाकर जमा कर रखे थे। पता नहीं कैसे इस जालिम को पता चल गया। रात को पीकर आया, बहुत झगड़ा हुआ। वह पिटकर भी उन रुपयों को नहीं देना चाहती थी, परंतु ये रुपए जबरदस्ती छीनकर ले गया और रात को जुए में सब रुपए गँवा दिए। सुबह लौटा तो बीवी ने यह सुनकर अपने ऊपर मिट्टी का तेल छिड़ककर आग लगा ली। रत्ना सिर पकड़कर बैठ गई। फौरन अस्पताल की गाड़ी बुलाई गई। वहाँ पर उसे मृत घोषित कर दिया गया। रत्ना का खून खौल उठा, उसने फौरन रीता को फोन लगाया। वह टॉयलेट में थी। नौकर को बताया कि जरूरी बात है, बाद में बात करवा देना। उन्होंने खिड़की से झाँका, उसके बच्चों का रोना देखा नहीं जा रहा था। भालेस बड़े चाव से अपनी पत्नी के पोस्टमार्टम हुए शव को फूलों से सजा रहा था। तभी रीताजी का फोन आया। रत्ना ने आवेश में उन्हें यह सब बताया तो रीताजी चाय की चुस्की लेते हुए बोलीं, ''परंतु मिसेज सरन, यह तो आत्महत्या का केस है।''

''तो क्या? उसे आत्महत्या के लिए किसने मजबूर किया? वह बेचारी कमाती थी, घर भी चलाती थी और ये जल्लाद उसे आएदिन पीटता रहता था।'' रत्ना उद्वेलित होकर बोली।

''देखिए, जब तक वह जिंदा थी, उसने कभी शिकायत नहीं की। दूसरे उसके पति ने तो उसे जलाया नहीं, She should have continued to fight.'' रीताजी का कहना था।

''पर रीतीजी, एक बार हम अपने सदस्यों को लेकर धरना तो दे ही दें, जिससे थोड़ा तो शर्मिंदा हो ये जानवर!''

''हाँ-हाँ, देखेंगे। अभी तो मिसेज ग्रेवाल और दिया शर्मा को जिनेवा विजिट की तैयारियाँ करनी हैं, दिल्ली जाना पड़ेगा, और भी कई Formalities हैं, We see. Ok bye...'' रीता ने टाल दिया।

रत्ना ने सिर पीट लिया। जब उसके जैसी संभ्रांत और असरदार महिला को टका-सा जवाब मिल सकता है तो इन झोंपड़ों में रहनेवालों की क्या बिसात! खुदमुख्तार होते हुए भी जो पाँव की जूती की तरह इस्तेमाल होती है और अग्नि की भेंट चढ़ जाती है।

बाहर से कुछ औरतों के रोने की आवाज के साथ एक स्वाभिमानी स्त्री की अरथी उठी—'राम नाम सत्य है।'

□□□